Antes que as luzes se apaguem

Jay Asher

Antes que as luzes se apaguem

Tradução
Cláudia Mello Belhassof

Copyright © 2016, Jay Asher
Título original: What Light
Publicado originalmente em Língua Inglesa por Razorbill um selo da Penguin Random House
Tradução para Língua Portuguesa © 2018, Cláudia Mello Belhassof
Todos os direitos reservados à Astral Cultural e protegidos pela Lei 9.610, de 19.2.1998.
É proibida a reprodução total ou parcial sem a expressa anuência da editora.
Este livro foi revisado segundo o Novo Acordo Ortográfico da Língua Portuguesa.

Editora responsável Tainã Bispo
Produção editorial Bárbara Gatti, Fernanda Costa, Fernanda Villas Bôas, José Cleto, Luiza Marcondes e Natália Ortega
Revisão de texto Juliana Albuquerque
Capa Aline Santos
Foto do autor Sonya Sones

Dados Internacionais de Catalogação na Publicação (CIP)
Angélica Ilacqua CRB-8/7057

A852a

Asher, Jay
   Antes que as luzes se apaguem / Jay Asher ; tradução de Cláudia Mello Belhassof. — Bauru, SP : Astral Cultural, 2018.
   256 p.

ISBN: 978-85-8246-710-7
Título original: What Light

1. Ficção norte-americana I. Título II. Belhassof, Cláudia Mello

18-0464

CDD 813.6

Índice para catálogo sistemático:
1. Ficção norte-americana 813.6

 ASTRAL CULTURAL EDITORA LTDA

BAURU
Av Nossa Sra de Fátima, 10-24
CEP 17017-337
Telefone: (14) 3235-3878
Fax: (14) 3235-3879

SÃO PAULO
Rua Helena, nº 140
Sala 13, Vila Olímpia
CEP 04552-050
Telefone: (11) 3048-2900

E-mail: contato@astralcultural.com.br

PARA:
JoanMarie Asher, Isaiah Asher
e Christa Desir,
os três magos desta história de Natal

Dennis e Joni Hopper,
e seus filhos, Russel e Ryan,
pela inspiração

DE:
um menino grato

— **Eu odeio essa época do ano** — diz Rachel. — Sinto muito, Sierra. Tenho certeza que digo muito isso, mas é verdade.

A névoa matinal borra a entrada da nossa escola na ponta mais distante do gramado. Ficamos no caminho de cimento para evitar os trechos úmidos na grama, mas Rachel não está reclamando do tempo.

— Por favor, não faz isso — digo. — Você vai me fazer chorar outra vez. Eu só quero passar por esta semana sem...

— Mas não é uma semana! — diz ela. — São dois dias. Dois dias até a folga de Ação de Graças, depois você vai embora por um mês inteiro de novo. Mais de um mês!

Seguro o braço de Rachel enquanto continuamos andando. Apesar de ser eu quem vai embora para mais uma temporada natalina longe de casa, Rachel finge que é o mundo *dela* que vira de cabeça para baixo todo ano. Seu biquinho e seus ombros caídos são totalmente a meu favor, para me informar que ela vai sentir saudade, e todo ano eu agradeço pelo seu melodrama. Apesar de adorar o local para onde vou, é difícil me despedir.

Saber que minhas melhores amigas estão contando os dias para eu voltar facilita as coisas.

Aponto para a lágrima no canto do meu olho.

— Viu o que você fez? Está começando.

Hoje de manhã, quando minha mãe nos trouxe de carro da nossa fazenda de árvores de Natal, o céu estava quase todo claro. Os funcionários estavam nos campos, as motosserras distantes zumbindo como mosquitos, cortando a colheita de árvores deste ano. A névoa apareceu conforme descíamos. Ela se estendeu pelas pequenas fazendas, pela estrada interestadual e entrou na cidade, carregando consigo o aroma tradicional da estação. Nesta época do ano, toda a nossa pequena cidade do Oregon cheira a árvores de Natal recém-cortadas. Em outras ocasiões, tem cheiro de milho doce ou beterraba-sacarina.

Rachel segura uma das portas duplas de vidro e depois me segue até o meu armário. Lá, ela sacode seu reluzente relógio vermelho na minha frente.

— Temos quinze minutos — diz ela. — Estou irritada e com frio. Vamos tomar um café antes do primeiro sinal.

A diretora de teatro da escola, srta. Livingston, encoraja não tão sutilmente os alunos a beberem o quanto for necessário de cafeína para conseguir montar os shows a tempo. Nos bastidores, sempre há uma cafeteira ligada. Como chefe de cenografia, Rachel tem acesso irrestrito ao auditório.

Durante o fim de semana, o departamento de teatro terminou as apresentações de *Pequena Loja de Horrores*. O cenário não será desmontado até depois da folga de Ação de Graças, então ainda está lá quando Rachel e eu acendemos as luzes nos fundos do teatro. Sentada no palco, entre o balcão da floricultura e a grande planta verde comedora de pessoas, está Elizabeth. Ela fica ereta e acena quando nos vê.

Rachel anda na minha frente pelo corredor.

— Este ano, queríamos te dar alguma coisa pra você levar para Califórnia.

Eu a sigo, passando pelas fileiras vazias de assentos vermelhos acolchoados. Elas obviamente não se importam se eu vou virar uma bagunça chorona nos últimos dias de escola. Subo os degraus até o palco. Elizabeth se levanta, corre na minha direção e me abraça.

— Eu estava certa — diz ela a Rachel por sobre o meu ombro.
— Falei que ela ia chorar.

— Odeio vocês duas — digo a elas.

Elizabeth me entrega dois presentes embrulhados em papel prateado brilhante de Natal, mas eu já sei o que elas vão me dar. Na semana passada, estávamos todas em uma loja de presentes no centro da cidade, e eu vi as duas olhando para porta-retratos do mesmo tamanho dessas caixas. Sento para abri-los e me encosto no balcão sob a antiga caixa registradora de metal.

Rachel senta de pernas cruzadas na minha frente, nossos joelhos quase se encostando.

— Vocês estão quebrando as regras — digo. Deslizo um dedo sob uma dobra no embrulho do primeiro presente. — Não devíamos fazer isso até depois que eu voltar.

— Queríamos que você tivesse algo pra pensar em nós todos os dias — diz Elizabeth.

— Estamos meio envergonhadas de não termos feito isso quando você começou a ir pra lá — acrescenta Rachel.

— O que, quando éramos bebês?

Durante meu primeiro Natal, minha mãe ficou em casa comigo na fazenda, enquanto meu pai administrava o lote de venda de árvores de Natal da família na Califórnia. No ano seguinte, minha mãe achou que deveríamos ficar em casa mais uma temporada, mas meu pai não queria ficar sem a gente outra vez. Ele preferia deixar o lote de lado por um ano, explicou, e confiar exclusivamente no envio de árvores para revendedores de todo o país. Mas minha mãe se sentiu mal pelas famílias que tinham a tradição natalina de comprar árvores conosco. E, apesar de ser um negócio, sendo que meu pai era a segunda geração que o administrava, também era uma tradição que os dois curtiam. Na verdade, eles se conheceram porque minha mãe e os pais dela eram clientes anuais. Então, todo ano, é lá que eu passo meus dias entre Ação de Graças e Natal.

Rachel se reclina, colocando as mãos no palco para se apoiar.

— Seus pais ainda estão decidindo se este vai ser o último Natal na Califórnia?

Arranho um pedaço de fita adesiva que prende outra dobra.

— Foi a loja que embalou isso?

Rachel sussurra para Elizabeth alto o suficiente para eu ouvir:

— Ela está mudando de assunto.

— Sinto muito — digo —, eu simplesmente odeio pensar que este é o nosso último ano. Por mais que eu ame vocês, vou sentir falta de ir pra lá. Além disso, tudo o que eu sei é o que ouvi sem querer; eles ainda não me contaram, mas parecem muito estressados com as finanças. Até eles se decidirem, não quero pensar em nenhuma das duas opções.

Se ficarmos no lote por mais três temporadas, nossa família terá administrado o local por trinta anos. Quando meus avós compraram o lote, a pequena cidade estava em um surto de crescimento. Cidades muito mais próximas da nossa fazenda no Oregon já tinham lotes estabelecidos — na verdade, uma abundância deles. Agora, todos os lugares, desde supermercados até lojas de ferragens, vendem árvores, ou as pessoas as vendem para instituições que angariam fundos. Lotes de árvores como o nosso não são mais comuns. Se o deixarmos, nosso negócio seria apenas vender para esses supermercados e instituições que angariam fundos ou fornecer árvores para outros lotes.

Elizabeth coloca a mão no meu joelho.

— Parte de mim quer que você volte pra lá no ano que vem, porque eu sei que você adora isso, mas, se você ficar, todas nós vamos passar o Natal juntas pela primeira vez.

Não consigo evitar um sorriso ao pensar nisso. Eu amo essas meninas, mas Heather também é uma das minhas melhores amigas, e eu só a vejo durante um mês por ano, quando estou na Califórnia.

— Temos ido lá há uma eternidade — digo. — Não consigo imaginar como seria, de repente, não ir.

— Posso dizer como seria — diz Rachel. — Vai ser nosso último ano. Esqui. Banheira quente. Na neve!

Mas eu adoro a nossa cidade sem neve na Califórnia, na costa, apenas três horas ao sul de São Francisco. Também adoro vender árvores, ver as mesmas famílias nos visitando ano após ano. Não seria certo passar tanto tempo cultivando as árvores apenas para enviá-las para outras pessoas venderem.

— Parece divertido, certo? — pergunta Rachel. Ela se inclina para perto de mim e balança as sobrancelhas. — Agora, imagine com garotos.

Solto uma risada bufada e cubro a boca.

— Ou não — diz Elizabeth, puxando o ombro de Rachel. — Seria legal ter apenas nós, um tempo sem nenhum garoto.

— Isso é praticamente a minha vida em todos os Natais — digo. — Lembre-se: no ano passado, eu levei um pé na bunda na noite anterior à ida pra Califórnia.

— Aquilo foi horrível — diz Elizabeth, embora ria um pouco. — Depois ele leva aquela garota que estuda em casa e tem seios fartos pro baile formal de inverno e...

Rachel coloca um dedo nos lábios de Elizabeth.

— Acho que ela se lembra.

Olho para o meu primeiro presente, ainda embalado.

— Não que eu o culpe. Quem quer passar as festas em um relacionamento de longa distância? Eu não ia querer.

— Se bem que — diz Rachel — você falou que tem uns garotos bem bonitos que trabalham no lote de árvores.

— Certo. — Balanço a cabeça. — Como se meu pai fosse deixar isso acontecer.

— Tudo bem, não vamos mais falar nisso — diz Elizabeth. — Abra seus presentes.

Puxo um pedaço de fita adesiva, mas minha mente agora está na Califórnia. Heather e eu somos amigas, literalmente, desde que podemos nos lembrar. Meus avós maternos moravam na casa ao lado da sua família. Quando meus avós faleceram, a família dela me levava para casa durante algumas horas por dia para dar uma folga aos meus pais. Em troca, a casa deles ganhou uma bela árvore de Natal, algumas guirlandas e dois ou três funcionários para pendurar luzes no telhado.

Elizabeth suspira.

— Seus presentes. Por favor?

Rasgo um lado da embalagem.

Elas estão certas, é claro. Eu adoraria passar pelo menos um inverno aqui antes de nos formarmos e mudarmos para onde quer que seja. Já sonhei que estava com elas no concurso de escultura de gelo e todas as outras coisas que elas me contam que acontecem por aqui. Mas as férias na Califórnia são a única época em que eu vejo minha *outra* melhor amiga. Parei de me referir a Heather simplesmente como minha amiga de inverno anos atrás. Ela é uma das minhas melhores amigas, ponto. Eu costumava vê-la também algumas semanas no verão quando visitava meus avós, mas essas visitas pararam quando eles faleceram. Eu me preocupo por talvez não conseguir aproveitar esta temporada com ela, sabendo que pode ser a última.

Rachel se levanta e atravessa o palco.

— Preciso de café.

Elizabeth grita atrás dela:

— Ela está abrindo nossos presentes!

— Ela está abrindo o *seu* presente — diz Rachel. — O meu é o da fita vermelha.

O primeiro porta-retratos que abro, com a fita verde, tem uma selfie da Elizabeth. Ela está com a língua para fora na lateral, e os olhos estão vesgos. É como quase todas as outras fotos que ela tira, e é por isso que eu adoro. Abraço o quadro.

— Obrigada.

Elizabeth fica vermelha.

— Por nada.

— Vou abrir o seu agora! — grito para o outro lado do palco.

Vindo lentamente na nossa direção, Rachel carrega três copos de papel com café bem quente. Cada uma pega um. Coloco o meu de lado enquanto Rachel senta de novo na minha frente, e começo a abrir o presente dela. Apesar de ser apenas um mês, sentirei muito a sua falta.

Na foto de Rachel, seu rosto bonito está de lado, parcialmente escondido pela mão, como se ela não quisesse tirar a foto.

— É pra parecer que estou sendo perseguida pelos paparazzi — diz ela. — Como se eu fosse uma atriz famosa saindo de um restaurante caro. Na vida real, provavelmente haveria um enorme guarda-costas atrás de mim, mas...

— Mas você não é atriz — diz Elizabeth. — Você quer ser cenógrafa.

— Isso é uma parte do plano — diz Rachel. — Você sabe quantas atrizes existem no mundo? Milhões. E todas estão se esforçando muito para serem notadas, o que me desanima demais. Um dia, enquanto eu estiver projetando cenários para um produtor famoso, ele vai me dar uma olhada e simplesmente saber que é um desperdício me deixar atrás das câmeras. Eu deveria estar na frente delas. E ele vai ter todo o mérito por me descobrir, mas na verdade eu vou *fazê-lo* me descobrir.

— O que me preocupa — digo — é que eu sei que você acredita que vai acontecer exatamente desse jeito.

Rachel toma um gole do café.

— Porque vai.

O primeiro sino toca.

Pego o papel de embrulho prateado e o amasso, formando uma bola. Rachel leva isso e nossos copos de café vazios até uma lixeira nos bastidores. Elizabeth coloca os porta-retratos em uma sacola de papel e, em seguida, enrola o topo antes de me entregar de volta.

— Suponho que não vamos poder dar uma passada na sua casa antes de você ir embora? — pergunta Elizabeth.

— Provavelmente não — respondo. Eu as sigo, descendo os degraus, e nos demoramos ao caminhar pelo corredor até os fundos do teatro. — Vou dormir cedo hoje à noite pra poder trabalhar algumas horas antes da escola amanhã. E viajamos bem cedo na manhã de quarta-feira.

— Que horas? — pergunta Rachel. — Talvez possamos...

— Três da manhã — respondo, rindo. Da nossa fazenda no Oregon até o nosso lote na Califórnia, é uma viagem de mais ou menos dezessete horas, dependendo das paradas para ir ao banheiro e do trânsito da época das festas. — Claro, se vocês quiserem acordar tão cedo...

— Tudo bem — diz Elizabeth. — Vamos enviar bons pensamentos nos sonhos.

— Você está com todos os trabalhos escolares? — pergunta Rachel.

— Acredito que sim. — Dois invernos atrás, talvez houvesse uma dezena de alunos na escola que viajavam para vender árvores de Natal. Este ano, estamos reduzidos a três. Felizmente, com tantas fazendas na região, os professores estão acostumados a se adaptar às diferentes épocas de colheita. — Monsieur Cappeau está preocupado com minha capacidade de *pratique mon français* enquanto eu estiver viajando, por isso vai me fazer ligar uma vez por semana pra conversar.

Rachel pisca para mim.

— Esse é o único motivo pelo qual ele quer que você ligue?

— Não seja nojenta — digo.

— Lembre-se — diz Elizabeth —, Sierra não gosta de homens mais velhos.

Agora estou rindo.

— Você está falando de Paul? Saímos uma vez, mas depois ele foi pego com uma lata de cerveja no carro dos amigos.

— Em defesa do rapaz, ele não estava dirigindo — ressalta Rachel. Antes de eu poder responder, ela ergue a mão. — Mas eu entendo. Você viu isso como um sinal de alcoolismo iminente. Ou uma tomada de decisão ruim. Ou... Qualquer coisa.

Elizabeth balança a cabeça.

— Você é muito exigente, Sierra.

Rachel e Elizabeth sempre pegam no meu pé em relação aos meus padrões com garotos. Só que eu já vi muitas garotas acabarem com caras que as derrubam. Talvez não no início, mas em algum momento. Por que desperdiçar anos ou meses, ou até mesmo dias, com alguém assim?

Antes de chegarmos às portas duplas que levam de volta aos corredores, Elizabeth dá um passo à frente e vira na nossa direção.

— Vou me atrasar para a aula de inglês, mas vamos nos encontrar para o almoço, está bem?

Sorrio, porque sempre nos encontramos para o almoço.

Empurramos as portas e saímos nos corredores, e Elizabeth desaparece na confusão de alunos.

— Mais dois almoços — diz Rachel. Ela finge secar lágrimas dos cantos dos olhos enquanto caminhamos. — Isso é tudo o que temos. Quase me faz querer...

— Para! — digo. — Não fala.

— Ah, não se preocupe comigo. — Rachel acena a mão com desdém. — Tenho muita coisa para me manter ocupada enquanto você festeja na Califórnia. Olha só: na próxima segunda-feira, vamos começar a desmontar o cenário. Isso deve levar uma semana ou mais. Depois, eu vou ajudar o comitê de dança a terminar de projetar o baile formal de inverno. Não é teatro, mas gosto de usar meus talentos onde eles são necessários.

— Eles já têm um tema para este ano? — pergunto.

— Globo de neve do amor — responde ela. — Parece brega, eu sei, mas tenho ótimas ideias. Quero decorar o ginásio todo para parecer que você está dançando no meio de um globo de neve. Então, vou estar muito ocupada até você voltar.

— Viu? Você quase não vai sentir saudade de mim — digo.

— Isso mesmo — diz Rachel. Ela me cutuca enquanto caminhamos. — Mas acho bom você sentir saudade de mim.

E eu vou. Durante toda a minha vida, sentir saudade das minhas amigas tem sido uma tradição de Natal.

Dois

O sol apenas espreita por trás das colinas quando estaciono a caminhonete do meu pai na lateral da estrada de acesso enlameada. Puxo o freio de mão e olho para uma das minhas vistas preferidas. As árvores de Natal começam a poucos metros da janela do lado do motorista e continuam por mais de quarenta hectares de colinas. Do outro lado da caminhonete, nossa plantação continua pela mesma distância. Nos pontos onde a nossa terra termina, de cada lado, existem mais fazendas com mais árvores de Natal.

Quando desligo o aquecedor e saio, sei que o ar frio vai me queimar. Prendo os cabelos em um rabo de cavalo apertado, enfio na parte de trás da jaqueta de inverno volumosa, coloco o capuz sobre a cabeça e, em seguida, aperto os cordões.

O cheiro da resina da árvore é denso no ar úmido, e o solo molhado prende as minhas botas pesadas. Galhos arranham as minhas mangas enquanto tiro o celular do bolso. Digito o número do tio Bruce e seguro o telefone no ouvido com o ombro enquanto calço as luvas de trabalho.

Ele ri quando atende.

— Claro que não demorou muito para você chegar aqui em cima, Sierra!

— Eu não estava dirigindo tão rápido — digo. Na verdade, fazer essas curvas e deslizar na lama é divertido demais.

— Não se preocupe, querida. Já assolei essa colina muitas vezes com a minha caminhonete.

— Eu já vi, e foi assim que eu soube que seria divertido — digo. — De qualquer forma, estou quase no primeiro feixe.

— Chego aí em um minuto — diz meu tio. Antes de ele desligar, escuto o motor do helicóptero começar a girar.

No bolso do casaco, pego um colete de segurança de malha laranja e enfio os braços nos buracos. A tira de velcro que atravessa o peito o mantém no lugar, para que o tio Bruce possa me detectar do alto.

A uns duzentos metros à frente, escuto as serras zumbindo enquanto os funcionários escavam os tocos das árvores deste ano. Dois meses atrás, começamos a etiquetar as que queríamos que fossem cortadas. Em um galho perto do topo, amarramos uma fita plástica colorida: vermelha, amarela ou azul, dependendo da altura, para nos ajudar a classificá-las mais tarde enquanto carregamos os caminhões. As árvores que não forem etiquetadas serão deixadas para continuar crescendo.

De longe, dá para ver o helicóptero vermelho voando na minha direção. Minha mãe e meu pai ajudaram o tio Bruce a comprá-lo em troca da sua ajuda para transportar nossas árvores pelo ar durante a colheita. O helicóptero nos impede de desperdiçar terra com estradas de acesso cruzadas, e as árvores são despachadas mais frescas. No resto do ano, ele o usa para levar turistas para ver o litoral rochoso. Às vezes, ele até vira herói e encontra um trilheiro perdido.

Depois que os funcionários logo à minha frente cortam quatro ou cinco árvores, eles as posicionam lado a lado sobre dois cabos longos, como se as colocassem atravessadas em cima de trilhos. Eles empilham mais árvores até juntarem cerca de uma dúzia. Depois, encaixam os cabos no feixe e as amarram antes de seguirem em frente. É aí que eu apareço.

Ano passado foi o primeiro ano em que meu pai me deixou fazer isso. Eu sabia que ele queria me dizer que o trabalho era perigoso demais para uma menina de quinze anos, mas não ousaria dizer isso em voz alta. Alguns dos caras que ele contrata para cortar as árvores são meus colegas de turma, e ele os deixa usar motosserras.

As pás do helicóptero ficam mais barulhentas — *tump-tump-tump-tump* — cortando o ar. A batida do meu coração coincide com seu ritmo enquanto eu me preparo para prender meu primeiro feixe da temporada.

Fico ao lado do primeiro feixe, flexionando os dedos enluvados. A luz do sol matinal reflete na janela do helicóptero. Uma longa linha de cabos se arrasta atrás dele, carregando um pesado gancho vermelho pelo céu.

O helicóptero diminui à medida que se aproxima, e eu enfio as botas no solo. Flutuando acima de mim, as pás ressoam. *Tump-tump-tump-tump*. O helicóptero desce devagar até que o gancho de metal encoste nas agulhas das árvores em feixe. Levanto o braço sobre a cabeça e faço um movimento circular para pedir mais folga. Quando ele se abaixa mais alguns centímetros, pego o gancho, coloco por baixo dos cabos e, em seguida, dou dois passos largos para trás.

Olhando para cima, vejo o tio Bruce sorrir para mim. Aponto para ele, que me mostra o polegar para cima, e ele sobe. O feixe pesado fica mais firme enquanto sai do chão, depois se afasta.

A lua crescente paira sobre a nossa fazenda. Olhando pela minha janela no andar de cima, vejo as colinas se estendendo até as sombras profundas. Quando criança, eu ficava aqui e fingia ser capitã de um navio, observando o mar à noite, com as ondas muitas vezes mais escuras que o céu estrelado acima. A vista permanece constante a cada ano, porque fazemos rotação da colheita. Para cada árvore cortada, deixamos cinco no solo e plantamos uma nova semente em seu lugar. Em seis anos, cada uma delas terá sido embarcada para todo o país para enfeitar casas como a peça central dos feriados natalinos.

Por causa disso, minha temporada tem tradições diferentes. Na véspera do Dia de Ação de Graças, minha mãe e eu vamos dirigir para o sul e nos reunir com meu pai. Depois, vamos comer o jantar de Ação de Graças com Heather e sua família. No dia seguinte, começamos a vender árvores de manhã até a noite, e não paramos até a noite de Natal. Naquela noite, exaustos, trocamos um presente cada. Não há espaço para mais presentes do que isso no nosso trailer Airstream prateado — nossa casa-longe-de-casa.

Nossa casa de fazenda foi construída na década de 1930. A escada e o piso de madeira antigos tornam impossível sair da cama no meio da noite sem fazer barulho, mas eu fico perto do lado menos rangedor da escada. Estou a três passos da cozinha quando minha mãe me chama da sala de estar.

— Você precisa de pelo menos algumas horas de sono.

Sempre que meu pai não está aqui, minha mãe dorme no sofá com a TV ligada.

Meu lado romântico quer acreditar que o quarto deles parece solitário demais quando ele não está. Meu lado não romântico acha que adormecer no sofá faz com que ela se sinta rebelde.

Seguro o roupão ao meu redor e deslizo os pés para dentro dos tênis surrados ao lado do sofá. Minha mãe boceja e alcança o controle remoto no chão. Ela desliga a TV, deixando a sala escura.

Ela acende o abajur lateral.

— Aonde você vai?

— Até a estufa — digo. — Quero trazer a árvore para dentro, para não me esquecer dela.

Em vez de carregar o carro na noite anterior à partida, colocamos todas as nossas malas perto da porta da frente para podermos dar uma olhada nelas mais uma vez antes da viagem. Depois que chegamos à estrada, o caminho à frente é longo demais para voltar.

— E depois você precisa ir direto para cama — diz minha mãe. Ela compartilha minha maldição de não conseguir dormir quando estou preocupada com alguma coisa. — Caso contrário, não posso te deixar dirigir amanhã.

Prometo a ela e fecho a porta da frente, apertando melhor o roupão para afastar o ar frio da noite. A estufa estará quente, mas vou ficar lá dentro apenas o tempo suficiente para pegar a pequena árvore, que transplantei recentemente para um balde de plástico preto. Vou colocar essa árvore ao lado da nossa bagagem, e Heather e eu vamos plantá-la depois do jantar de Ação de Graças. Com essa, serão seis árvores que nasceram na nossa fazenda e agora crescem no topo do Cardinals Peak na Califórnia. O plano para o próximo ano sempre foi cortar a primeira que plantamos e dá-la para a família de Heather.

Essa é mais uma razão pela qual esta não pode ser a nossa última temporada.

Pelo lado de fora, o trailer pode parecer uma garrafa térmica prateada caída de lado, mas o interior sempre me pareceu aconchegante. Tem uma pequena mesa de jantar anexada à parede em uma extremidade, com a beira da minha cama servindo também como banco. A cozinha é compacta, com pia, geladeira, fogão e micro-ondas. O banheiro parece menor a cada ano, apesar de meus pais terem aumentado o boxe do chuveiro. Com um boxe padrão, teria sido impossível me abaixar e lavar as pernas sem fazer alongamentos antes. Na outra extremidade do trailer, fica a porta do quarto dos meus pais, que mal tem espaço para a cama, um pequeno armário e um escabelo. A porta está fechada agora, mas dá para ouvir minha mãe roncar enquanto se recupera da longa viagem.

O pé da minha cama encosta no armário da cozinha, e tem um armário de madeira acima. Enfio um percevejo branco grande no armário. Na mesa ao meu lado, estão os porta-retratos de Rachel e Elizabeth. Eu amarrei os dois com uma fita verde brilhante, para ficarem pendurados um em cima do outro. Dou um laço no fim da fita e penduro no percevejo para que as minhas amigas de casa possam estar comigo todos os dias.

— Bem-vindas à Califórnia — digo a elas.

Deslizo até a cabeceira da minha cama e abro as cortinas.

Uma árvore de Natal cai na janela, e eu grito. As agulhas arranham o vidro enquanto alguém se esforça para colocar a árvore de pé outra vez.

Andrew espia através dos galhos, provavelmente para se certificar de que não quebrou o vidro. Ele fica ruborizado quando me vê, e eu olho para baixo para ter certeza que vesti uma blusa depois de tomar banho. Ao longo dos anos, tomei alguns banhos matinais e depois caminhei ao redor do trailer enrolada em uma toalha antes de me lembrar que muitos caras do ensino médio trabalham ali fora.

No ano passado, Andrew se tornou o primeiro e o último cara a me chamar para sair aqui. Ele fez isso com um bilhete colado na minha janela. Era para parecer fofo, acho, mas o que imaginei foi ele andando na ponta dos pés no escuro a poucos centímetros de onde eu dormia. Felizmente, consegui dizer a ele que não seria inteligente namorar alguém que trabalha aqui. Essa não é uma regra de verdade, mas meus pais falaram algumas vezes que poderia ser bem desconfortável para todos os envolvidos, já que eles também trabalham aqui.

Minha mãe e meu pai se conheceram quando tinham a minha idade. Ele trabalhava com os pais dele neste mesmo lote, e a família dela morava a poucos quarteirões de distância. Em um inverno, eles se apaixonaram tanto um pelo outro que ele voltou para o acampamento de beisebol naquele verão. Depois que se casaram e assumiram o lote, para obter ajuda adicional, começaram a contratar atletas da escola local que queriam ganhar um dinheiro extra na época de Natal. Isso nunca foi um problema quando eu era mais nova, mas, depois que entrei na puberdade, cortinas novas e mais grossas foram penduradas em todo o trailer.

Embora eu não consiga ouvir Andrew, vejo ele dizer "Me desculpa" do outro lado da janela. Ele finalmente consegue colocar a árvore em pé e, em seguida, arrasta o suporte alguns metros para trás, para que os galhos inferiores não encostem em nenhuma árvore à volta.

Não há motivo para deixar nossa estranheza passada nos impedir de sermos cordiais, então abro parcialmente a janela.

— Quer dizer que você está de volta pra mais um ano — digo.

Andrew dá uma olhada ao redor, mas não há mais ninguém com quem eu poderia estar falando. Ele me encara, colocando as mãos nos bolsos.

— É bom te ver de novo — diz ele.

É ótimo quando os funcionários voltam para outras temporadas, mas tomo cuidado para não passar a impressão errada de novo.

— Ouvi dizer que outros caras do time também voltaram.

Andrew olha para a árvore mais próxima e arranca algumas agulhas.

— É — responde. Ele joga as agulhas no chão de um jeito petulante e se afasta.

Em vez de deixar isso me atingir, abro mais a janela e fecho os olhos. O ar lá fora nunca vai ter o cheiro exato de casa, mas chega perto. Apesar disso, a vista é muito diferente. Em vez de árvores de Natal crescendo em colinas, elas estão enfiadas em suportes metálicos em um lote de terra. Em vez de centenas de hectares de terras agrícolas que se estendem até o horizonte, temos meio hectare que termina na Oak Boulevard. Do outro lado da rua, um estacionamento vazio se estende em direção a um mercado. Como hoje é Dia de Ação de Graças, o McGregor's Market fechou cedo.

 O McGregor's está nesse ponto desde bem antes de minha família começar a vender árvores aqui. Agora é o único mercado da cidade que não pertence a uma rede. No ano passado, o proprietário disse aos meus pais que talvez não estivessem mais em atividade quando voltássemos. Quando meu pai ligou para casa algumas semanas atrás para dizer que tinha chegado bem, a primeira coisa que fiz foi perguntar se o McGregor's ainda estava lá. Quando criança, eu adorava quando minha mãe ou meu pai faziam uma pausa na venda de árvores e atravessavam comigo para o outro lado da rua para fazer compras. Anos depois, eles me entregavam a lista de compras e eu ia sozinha. Nos últimos anos, tenho a responsabilidade de fazer essa lista, além de comprar.

 Vejo um carro branco atravessar o asfalto, provavelmente para ter certeza de que o mercado realmente está fechado. O motorista diminui quando passa pela vitrine e, em seguida, acelera para a rua.

 De algum lugar no meio das nossas árvores, meu pai grita:

— Deve ter esquecido o molho de cranberry!

Por todo o lote, ouço os jogadores de beisebol rindo.

 Todo ano neste dia, meu pai faz piada com os motoristas frustrados que se afastam do McGregor's. "Mas não vai ser Ação de Graças sem torta de abóbora!" ou "Acho que alguém esqueceu o recheio!". Os caras sempre riem.

 Observo dois deles passando pelo trailer com uma árvore grande. Um deles está com os braços enterrados nos galhos do meio enquanto o outro o segue, segurando o tronco. Ambos param de andar para que o que está nos galhos possa se ajeitar.

O outro cara, esperando, olha para o trailer e capta o meu olhar. Ele sorri e sussurra alguma coisa para o primeiro cara que não consigo ouvir, mas isso faz com que seu colega também olhe na minha direção.

Quero desesperadamente saber se meu cabelo não está emaranhado, embora eu não tenha motivo para impressioná-los (por mais bonitinhos que sejam). Então, aceno com educação e me afasto. Do outro lado da porta do trailer, alguém arranha a sola dos sapatos nos degraus metálicos. Embora não tenha chovido desde que meu pai abriu os trabalhos este ano, o chão lá fora sempre tem trechos úmidos. Algumas vezes por dia, os suportes das árvores são molhados e as agulhas são pulverizadas com aplicadores.

— Toc toc!

Eu mal consigo destrancar a porta antes que Heather a empurre e dê um gritinho. Seus cachos escuros saltam quando ela levanta os braços e me abraça. Dou uma risada da sua empolgação aguda e a sigo enquanto ela se ajoelha na minha cama para ver mais de perto as fotos de Rachel e Elizabeth.

— Elas me deram antes de eu vir — digo a ela.

Heather toca no porta-retratos superior.

— Esta é Rachel, certo? A ideia é ela estar se escondendo dos paparazzi?

— Ah, ela vai ficar muito feliz de saber que você percebeu isso — digo.

Heather corre até a janela para olhar lá fora. Ela bate no vidro com a ponta do dedo e um dos atletas olha na nossa direção. Ele está carregando uma caixa de papelão identificada como "visco" até a barraca verde e branca que chamamos de Tenda. É lá que ligamos para os clientes, vendemos outras mercadorias e exibimos as árvores flocadas com neve artificial.

Sem olhar para mim, Heather pergunta:

— Você notou como a equipe deste ano é incrível?

Claro que notei, mas seria muito mais fácil se não tivesse notado. Se meu pai achasse que eu estava flertando com um dos funcionários, ele faria o cara limpar minuciosamente os dois banheiros externos na esperança de que o fedor me afastasse — e realmente afastaria.

Não que eu quisesse sair com alguém aqui no sul, quer ele trabalhasse para nós ou não. Por que colocar meu coração em algo que o destino simplesmente vai separar na manhã de Natal?

Depois de nos fartarmos com o jantar de Ação de Graças e o pai de Heather fazer sua brincadeira anual de "hibernar durante o inverno", todos vamos para os lugares que se tornaram nossos destinos tradicionais. Os pais esvaziam a mesa e lavam a louça, em parte para poderem continuar a mordiscar o peru. As mães vão para a garagem para pegar um exagero de caixas com itens de decoração de Natal. Heather corre para o andar de cima para pegar duas lanternas, e eu espero por ela no pé da escada.

No armário perto da porta da frente, pego um casaco verde--floresta que minha mãe usou quando viemos a pé até aqui. Letras maiúsculas amarelas soletram "lenhadores", os mascotes da faculdade dela, no peito. Coloco o suéter sobre a cabeça e ouço a porta dos fundos da cozinha se abrir, o que significa que as mães estão retornando. Olho rapidamente para o andar de cima para ver se Heather está descendo. Estávamos tentando sair antes de elas voltarem e pedirem ajuda.

— Sierra? — grita minha mãe.

Escondo meus cabelos dentro do colarinho.

— Quase saindo! — grito em resposta.

Minha mãe carrega um grande recipiente de plástico transparente cheio de cacarecos embrulhados em jornal.

— Posso pegar seu suéter emprestado? — pergunto. — Quando você e o papai voltarem, pode usar o meu.

— Não, o seu é muito fino — diz ela.

— Eu sei, mas você não vai ficar fora tanto tempo quanto nós — digo. — Além do mais, nem está tão frio.

— *Além do mais* — diz minha mãe com sarcasmo —, você deveria ter pensado nisso antes de virmos para cá.

Começo a tirar seu suéter, mas ela faz um sinal para eu ficar com ele.

— No próximo ano, fiquem e nos ajudem com... — Suas palavras vão sumindo.

Levo os olhos até a escada. Ela não sabe que ouvi as conversas entre ela e meu pai, ou entre eles dois e o tio Bruce, sobre abrirmos ou não o lote no próximo ano. Aparentemente, faria mais sentido ter feito isso dois anos atrás, mas todos esperam que as coisas se recuperem. Minha mãe coloca o recipiente de plástico sobre o tapete da sala de estar e tira a tampa.

— Claro — digo. — No próximo ano.

Heather corre escada abaixo com o suéter vermelho desbotado que ela só usa nesta noite do ano. Os punhos estão em farrapos, e o decote está esticado. Compramos em um brechó pouco depois do enterro do meu avô, quando a mãe de Heather nos levou às compras para me animar. Vê-la nele sempre parece agradável e sofrido ao mesmo tempo. Isso me lembra do quanto sinto saudade dos meus avós quando estou aqui, mas também do quanto Heather tem sido uma ótima amiga para mim. Ela para no pé da escada e me oferece duas pequenas lanternas para escolher: roxa ou azul. Pego a roxa e a coloco no bolso.

Minha mãe desenrola uma vela de boneco de neve embrulhada em jornal. A menos que a mãe de Heather tenha mudado os planos de decoração pela primeira vez na vida, aquela vela vai ficar no banheiro da frente. O pavio está preto por causa do breve instante em que o pai de Heather o acendeu no ano passado. Quando sentiu o cheiro de cera queimada, a mãe dela socou a porta do banheiro até que ele a abrisse.

— É uma peça de decoração! — gritou ela. — Não se acendem peças de decoração!

Minha mãe olha para a cozinha e depois para nós.

— Se quiserem sair, é melhor irem agora — diz ela. — Sua mãe está tentando entrar no concurso de suéter feio de Natal deste ano. Aparentemente, ela tem um vencedor.

— É muito feio? — pergunto.

Heather encolhe o nariz.

— Se ela não ganhar, os juízes não têm nenhum senso de humor.

Quando ouvimos a porta dos fundos se abrir, atravessamos rapidamente a porta da frente e a fechamos ao sair.

Ao lado do tapete de boas-vindas está a pequena árvore que eu trouxe do lote. Mais cedo, transferi a árvore do balde de plástico, de modo que suas raízes agora estão dentro de um saco de aniagem disforme.

— Eu carrego até a primeira metade do caminho — diz Heather. Ela pega o saco do tamanho de uma bola de basquete e o ajeita na curva do braço. — Pode carregar aquela coisinha que você trouxe, que parece uma pá.

Pego a espátula de jardinagem e seguimos em frente.

A menos da metade do caminho subindo o Cardinals Peak, Heather diz que está na hora de trocar. Guardo a lanterna no bolso traseiro e transferimos a árvore para os meus braços.

— Pegou? — pergunta ela. Quando aceno com a cabeça, ela tira a espátula da minha mão.

Ajeito a árvore nos braços e continuamos nossa caminhada subindo a colina, que os moradores chamam de montanha de um jeito adorável. Ficamos no centro da estrada de acesso de terra batida, que vai dar três voltas antes de chegarmos ao nosso local.

Hoje a lua não está cheia. Lembra um sorriso e está virada para outra direção, mal iluminando este lado da colina. Quando circularmos para o outro lado, vamos precisar ainda mais das lanternas. Agora, nós a usamos principalmente para assustar qualquer coisa pequena que ouvirmos correndo no meio dos arbustos.

— Tudo bem, os caras com quem você trabalha são proibidos — diz Heather, como se continuasse uma discussão que já estava acontecendo na cabeça dela. — Então, me ajude a pensar em outras pessoas com quem você pode... Você sabe... Passar um tempo.

Dou uma risada, depois pego com cuidado a lanterna no bolso traseiro e a aponto para o rosto dela.

— Ah. Você estava falando sério.

— Claro!

— Não — digo. Olho de novo para o rosto dela. — Não! Um, estou ocupada o mês todo; não tenho tempo. Dois, e mais importante, eu moro em um trailer em um lote de árvores! Não importa o que eu diga ou faça, meu pai está bem ali.

— Mesmo assim, vale a pena tentar — diz ela.

Inclino a árvore para manter as agulhas longe no meu rosto.

— Além disso, como você se sentiria se soubesse que teria que terminar com Devon logo depois do Natal? Você se sentiria péssima.

Heather puxa a pequena espátula do bolso traseiro e a bate na sua perna enquanto andamos.

— Já que você falou nisso, esse meio que é o plano.

— O quê?

Ela levanta um ombro.

— Olha, você tem seus altos padrões sobre como deve ser um relacionamento, então tenho certeza que pareço...

— Por que todo mundo pensa que os meus padrões são altos? O que isso significa, para começar?

— Não fique irritadinha — Heather ri. — Seus padrões são um dos motivos para eu te amar. Você tem uma sólida... Não sei... Base moral, e isso é ótimo. Mas isso faz com que alguém que está planejando terminar com o namorado depois das festas se sinta meio mal. Em comparação, sabe.

— Quem planeja uma separação com um mês inteiro de antecedência? — pergunto.

— Bem, seria cruel fazer isso pouco antes do Dia de Ação de Graças — diz ela. — O que ele diria no jantar com a família: "estou grato porque meu coração foi partido"?

Damos vários passos em silêncio enquanto eu penso no assunto.

— Acho que nunca existe um momento bom, mas você está certa ao dizer que existem momentos piores. E há quanto tempo você está pensando nisso?

— Desde pouco antes do Halloween — responde ela. — Mas tínhamos fantasias maravilhosas!

A luz da lua enfraquece quando contornamos a colina, então usamos as lanternas para iluminar perto dos nossos pés.

— Não que ele seja um idiota ou qualquer coisa assim — diz Heather. — Caso contrário, eu nem me importaria de ficar com ele durante as festas natalinas. Ele é inteligente, apesar de não parecer, gentil e fofo. Só que ele pode ser muito... Chato. Ou talvez ele seja meio sem noção? Não sei!

Eu nunca julgaria os motivos de outra pessoa para se separar. Cada um quer ou precisa de coisas diferentes. O primeiro cara com quem terminei, Mason, era inteligente e engraçado, mas também um pouco carente. Eu achava que queria me sentir necessária, mas isso se torna exaustivo muito rápido. Aprendi que é muito melhor se sentir desejada.

— Como ele pode ser chato? — pergunto.

— Digamos assim — explica ela. — Se eu fosse descrever a chatice dele para você, as palavras que sairiam da minha boca seriam mais empolgantes.

— Sério? — pergunto. — Mal posso esperar para conhecer o cara.

— E é por isso que você precisa de um namorado enquanto estiver aqui — diz ela. — Para podermos sair em casal. E aí minhas saídas não serão tão desinteressantes.

Penso em como seria estranho começar a sair com alguém, sabendo que temos uma data de validade. Se eu quisesse isso, poderia ter dito sim para o Andrew no ano passado.

— Dispenso a saída em casal — digo. — Mas obrigada.

— Não me agradeça ainda — diz ela. — Eu provavelmente vou falar de novo nesse assunto.

Depois da próxima curva, que nos leva perto do topo do Cardinals Peak, Heather e eu saímos da estreita estrada de terra e entramos no meio do mato, que dava nos joelhos. Ela move a lanterna de um lado para o outro. Uma coisa que parece um coelhinho se afasta pulando.

Mais alguns passos e os arbustos praticamente desaparecem. Está muito escuro para ver as cinco árvores de Natal ao mesmo tempo, mas, quando a lanterna de Heather atinge a primeira, meu coração se aquece. Ela arrasta lentamente o facho de luz até que eu veja todas elas. Nós as plantamos com algum espaço de distância, de modo que uma não ofusque a luz do sol da outra. A maior já está alguns centímetros mais alta do que eu, e a menor mal alcança a minha cintura.

— Oi, pessoal — digo enquanto ando entre elas. Ainda segurando a árvore mais nova com um braço, toco nas agulhas das outras árvores com a mão livre.

— Eu vim no fim de semana passado — diz Heather. — Tirei umas ervas daninhas e arejei um pouco o solo, então hoje à noite vai ser mais fácil.

Coloco o saco de aniagem no solo e olho para Heather.

— Você está se tornando uma Pequena Fazendeira.

— Dificilmente — diz ela. — Mas no ano passado levamos uma eternidade para limpar as ervas no escuro, então...

— De qualquer maneira, vou fingir que você se divertiu — digo. — E, seja qual for o motivo, você não teria feito isso se não fosse uma amiga incrível. Sendo assim, obrigada.

Heather faz um sinal educado de positivo com a cabeça e me entrega a espátula.

Olho ao redor até encontrar o local perfeito. Uma nova árvore, acredito, deve sempre ter a melhor vista do que está acontecendo lá embaixo. Depois de me ajoelhar no solo, que está macio graças a Heather, começo a cavar um buraco grande o suficiente para conter as raízes.

Nos últimos dois anos que fizemos a caminhada, nos revezamos carregando a árvore. Antes disso, nós a carregamos até aqui em cima no carrinho de mão vermelho de Heather. Este lugar se tornou minha pequena fazenda de árvores, um jeito de manter uma parte de mim aqui depois que minha família volta para o norte.

Mais uma vez, eu me pergunto se, no próximo ano, terei a chance de cortar a árvore mais antiga.

Esta temporada deveria ser perfeita, não atolada de suposições. Mas elas estão ao meu redor, em tudo o que eu faço. Não sei como aproveitar completamente estes momentos sem saber se serão os últimos. Desamarro a corda que prende o saco de aniagem ao redor das raízes. Quando tiro o tecido, as raízes permanecem no lugar, ainda cobertas com o solo de casa.

— Vou sentir saudade dessas caminhadas — diz Heather.

Coloco a árvore no buraco e espalho algumas raízes com os dedos. Heather se ajoelha ao meu lado e me ajuda a jogar a terra de volta no buraco.

— Pelo menos temos mais um ano — diz ela.

Sem conseguir olhar para ela, salpico mais um punhado de terra ao redor da base da árvore. Espano a terra das mãos e sento no chão. Puxando os joelhos até o peito, olho para o pé da colina escura e vejo as luzes da cidade. Foi ali que Heather morou a vida toda. Apesar de eu só ficar aqui por um curto período a cada ano, sinto que também cresci aqui. Suspiro profundamente.

— Qual é o problema? — pergunta Heather.

Levanto o olhar para ela.

— Pode ser que não haja outro ano.

Ela me olha com a testa franzida, mas não fala nada.

— Eles não me falaram — digo a ela —, mas tenho escutado meus pais discutindo isso há um tempo. Pode ser que eles não consigam justificar a vinda até aqui por outra temporada.

Agora Heather olha para a cidade.

Daqui desta altura, quando a temporada começa e todas as luzes se acendem, é fácil ver nosso lote de árvores de Natal. A partir de amanhã, um retângulo de luzes brancas vai cercar as nossas árvores. Mas, hoje à noite, o lugar onde moro é um trecho escuro perto de uma rua comprida com faróis passando direto.

— Este ano vai nos dizer isso com certeza — digo. — Eu sei que meus pais querem estar aqui tanto quanto eu. Rachel e Elizabeth, por outro lado, adoram a ideia de eu ficar em Oregon para o Natal.

Heather senta no chão ao meu lado.

— Você é uma das minhas melhores amigas, Sierra. E eu sei que Rachel e Elizabeth sentem o mesmo, então não posso culpá-las, mas elas têm você o resto do ano. Não consigo imaginar você e sua família não fazerem parte das minhas festas natalinas.

Eu também não quero sentir saudade da minha última temporada completa com Heather. Isso é algo que sabíamos que ia acontecer desde o início. Falávamos sobre o último ano de escola com uma expectativa apreensiva.

— Eu sinto o mesmo — digo a ela. — Quero dizer, também fico curiosa para saber como seria o período natalino em casa: sem ter que estudar on-line e fazer coisas de dezembro na minha cidade natal uma vez na vida.

Heather olha para as estrelas por um longo tempo.

— Mas eu sentiria saudade demais de você — digo — e de tudo isso.

Eu a vejo sorrir.

— Talvez eu pudesse ir lá por alguns dias, visitar *você* nas férias para variar.

Apoio minha cabeça no ombro dela e olho para a frente. Não para as estrelas nem para a cidade, mas para o nada.

Heather apoia a cabeça na minha.

— Não vamos nos preocupar com isso agora — diz ela, e nenhuma de nós fala mais nada durante vários minutos.

Em certo momento, viro para a árvore menor. Dou um tapinha no solo ao redor dela e deslizo um pouco mais de terra em direção ao tronco fino.

— Vamos tornar este ano extra especial, não importa o que aconteça — digo.

Heather se levanta e olha para a cidade. Pego sua mão e ela me ajuda a levantar. Fico em pé ao lado dela, sem soltar a sua mão.

— Seria maravilhoso — diz ela — se colocássemos luzes nessas árvores para que elas pudessem ser vistas por todos lá embaixo.

É uma ideia bonita, um jeito de compartilhar nossa amizade com todo mundo. Eu poderia abrir as cortinas sobre a minha cama e olhar para elas todas as noites antes de dormir.

— Mas eu verifiquei enquanto subíamos — diz ela. — Esta montanha não tem uma única tomada elétrica.

Dou uma risada.

— A natureza nesta cidade está tão atrasada.

Com os olhos ainda fechados, ouço minha mãe e meu pai baterem a porta ao saírem do trailer. Deito de costas e respiro fundo. Só quero alguns momentos extras. Depois que eu sair da cama, os dias vão se atropelar como peças de dominó.

No dia de abertura, minha mãe sempre acorda pronta para começar. Sou muito mais como meu pai, e consigo ouvir suas botas pesadas na terra lá fora, se arrastando em direção à Tenda. Quando chegar lá, ele vai ligar uma grande chaleira prateada de café e uma de água quente, e depois arrumar os sachês de chá e chocolate em pó que oferecemos aos clientes. Mas as primeiras gotas de café quente serão colocadas na sua garrafa térmica.

Puxo a almofada em forma de tubo debaixo da minha cabeça e a abraço. Depois que a mãe de Heather compete no concurso de suéter feio de Natal, no qual foi vencedora duas vezes nos últimos seis anos, ela corta as mangas e as transforma em almofadas de apoio. Ela costura o punho, enche a manga com espuma e depois costura a outra ponta. Ela guarda uma manga para a família e a outra vem para mim.

Seguro a que ganhei na noite passada à distância de um braço acima de mim. É um tecido verde-musgo com um retângulo azul-escuro onde ficava o cotovelo. Dentro desse retângulo, flocos de neve caem em torno de uma rena voadora de nariz roxo. Abraço a almofada com força e fecho os olhos outra vez. Do lado de fora, ouço alguém se movendo em direção ao trailer.

— Sierra está por aí? — pergunta Andrew.

— Agora não — responde meu pai.

— Ah, tudo bem — diz Andrew. — Achei que poderíamos trabalhar juntos e fazer tudo mais rápido.

Aperto a almofada com mais força ainda. Não preciso de Andrew esperando por mim lá fora.

— Acho que ela está dormindo — diz meu pai. — Mas, se você precisa de alguma coisa para fazer sozinho, verifique mais uma vez se os banheiros externos têm sabonete para as mãos.

Esse é o meu pai!

Estou parada do lado de fora da Tenda, ainda não totalmente acordada, mas pronta para receber nossos primeiros clientes do ano. Um pai e sua filha, que deve ter uns sete anos, saem do carro. Já analisando as árvores, ele coloca a mão delicada na cabeça dela.

— Eu sempre adoro esse cheiro — diz o pai.

A menina dá um passo à frente, os olhos cheios de doce inocência.

— Tem cheiro de Natal!

Tem cheiro de Natal. Isso é o que muitas pessoas dizem quando chegam aqui, como se as palavras estivessem esperando para serem ditas durante todo o caminho até o lote.

Meu pai aparece entre dois abetos nobres no caminho até a Tenda, provavelmente na esperança de beber mais café. Primeiro, ele cumprimenta a família e diz para nos chamarem se pudermos ajudar.

Andrew, com um boné de beisebol surrado dos Bulldogs, passa por ali com uma mangueira sobre o ombro. Ele diz à família que ficará feliz em carregar uma árvore até o carro deles quando estiverem prontos. Ele nem olha para mim — graças ao meu pai —, e eu engulo um sorriso.

— Sua gaveta de dinheiro está pronta? — pergunta meu pai, enchendo a garrafa térmica.

Vou para trás do balcão do caixa, que foi decorado com uma guirlanda vermelha brilhante e azevinho fresco.

— Só estou esperando para ver qual será a primeira venda.

Meu pai me entrega minha caneca preferida, pintada com rabiscos e listras em tons pastel, como um ovo de Páscoa (acho que deve haver alguma coisa por aqui que não seja de Natal). Sirvo um pouco de café e, em seguida, abro um sachê de chocolate em pó e despejo ali dentro. Em seguida, desembrulho uma pequena bengala doce de hortelã e uso para misturar tudo.

Meu pai apoia as costas no balcão, examinando a mercadoria na Tenda. Ele aponta a garrafa térmica para as árvores com neve branca que ele tinha acabado de pulverizar naquela manhã.

— Você acha que temos o suficiente dessas por enquanto?

Lambo o chocolate em pó da bengala doce derretida e depois a coloco de volta na caneca.

— Temos muitas — respondo, depois tomo o primeiro gole. Pode ter gosto de mocaccino de hortelã barato, mas funciona.

Depois de um tempo, aquela primeira dupla de pai e filha entra na Tenda e para na caixa registradora.

Eu me inclino por sobre o balcão em direção à menininha.

— Você gostou de alguma árvore?

Ela faz que sim com a cabeça com entusiasmo, com um dente faltando de um jeito adorável no alto do sorriso.

— Uma enorme!

É nossa primeira venda do ano e não consigo esconder minha empolgação, além de uma esperança profundamente arraigada de que vamos vender bem o suficiente este ano para justificar pelo menos mais um.

O pai desliza a etiqueta para mim por sobre o balcão. Atrás dele, vejo Andrew empurrando o tronco da árvore escolhida através da parte aberta de um grande barril de plástico. A outra ponta tem uma tela vermelha e branca. Meu pai segura o tronco e puxa o resto da árvore para fora com a tela, que se desenrola e envolve os galhos. Depois de passarem por ali, os galhos ficam todos dobrados para cima, em segurança.

Meu pai e Andrew giram a árvore na tela, cortam a ponta e dão um nó no topo. O processo é semelhante à forma como a mãe de Heather enche as mangas do suéter para fazer almofadas, só que é bem menos feio.

Toco o sino para comemorar nossa primeira árvore e desejo aos dois um "Feliz Natal!".

No almoço, minhas pernas estão cansadas e doloridas de carregar árvores e ficar em pé atrás do balcão por horas a fio. Daqui a alguns dias, vou estar mais acostumada a isso, mas hoje agradeço quando Heather aparece segurando uma sacola de sobras da Ação de Graças. Minha mãe nos enxota para o Airstream, e a primeira coisa que Heather faz quando sentamos à mesa é abrir totalmente as cortinas.

Ela ergue as sobrancelhas para mim.

— Só estou melhorando a vista.

Como se ouvissem a deixa, dois caras do time de beisebol passam carregando uma árvore grande nos ombros.

— Você não tem vergonha. — Abro a embalagem de um sanduíche de peru e cranberry. — Lembre-se: você ainda está com Devon até depois do Natal.

Ela puxa os pés para cima para sentar de pernas cruzadas no banco, também conhecido como minha cama, e abre seu próprio sanduíche.

— Ele ligou ontem à noite e entrou em uma história de vinte minutos sobre ir aos correios.

— Quer dizer que ele não é muito bom de conversa — digo. Dou a primeira mordida do sanduíche e solto um gemido quando os sabores do Dia de Ação de Graças atingem a minha língua.

— Você não entende. Ele me contou essa mesma história na semana passada e também não fez sentido naquele momento. — Quando rio, ela joga as mãos para cima. — Estou falando sério. Não dou a mínima para a velhinha mal-humorada na frente dele tentando mandar uma caixa de ostras para o Alasca. Você faria isso?

— Se eu mandaria ostras para o Alasca? — Eu me inclino para a frente e puxo o cabelo dela. — Você está sendo má.

— Estou sendo sincera. Mas, se quiser falar sobre maldade — diz ela —, você deixou aquele cara porque ele gostava *demais* de você. Isso, sim, é esmagar a alma de alguém.

— Mason? Foi porque ele era carente! — digo. — Ele falou que vinha até aqui de trem para me visitar nas festas. Isso foi no início do verão, e nós só estávamos namorando há algumas semanas.

— É meio fofo — diz Heather. — Ele já sabia que não ia conseguir ficar sem você durante um mês. Eu definitivamente poderia ficar sem as histórias de Devon por um mês.

Quando Heather começou a namorar Devon, estava encantada por ele, e isso tinha sido apenas há alguns meses.

— De qualquer maneira — diz ela —, é por isso que precisamos sair em casal enquanto você estiver aqui. Pode ser casual; você não precisa se apaixonar nem nada assim.

— Ah, que bom saber — digo. — Obrigada.

— Mas pelo menos eu teria alguém com quem conversar — diz ela.

— Não me importo de ser vela quando vocês dois saem — digo. — Eu até interrompo se ele falar das ostras. Mas este ano já me estressou o suficiente sem precisar colocar um cara no meio.

Pela janela e a várias árvores de distância, Andrew e outro cara da equipe estão olhando para nós. Estão conversando e rindo, mas não param nem desviam o olhar, mesmo quando os percebemos.

— Eles estão nos olhando comer? — pergunto. — Isso é muito triste.

Andrew olha para trás por cima do ombro, provavelmente verificando se meu pai está por perto, depois acena para nós. Antes que eu consiga decidir se devo retribuir o aceno ou não, meu pai grita para eles trabalharem. Aproveito a oportunidade para fechar as cortinas.

As sobrancelhas de Heather estão erguidas.

— Bem, *ele* ainda parece interessado.

Balanço a cabeça.

— Olha, não importa quem é o cara, só seria um problema, porque meu pai iria ficar nos rondando o tempo todo. Existe algum cara que valha isso? Porque não é ninguém que está do lado de fora dessa janela.

Heather tamborila os dedos na mesa.

— Tem que ser alguém que não trabalha aqui... Alguém que seu pai não possa mandar lavar os banheiros externos.

— Você perdeu a parte em que eu disse que não quero namorar enquanto estiver aqui?

— Não perdi — diz Heather —, só estou ignorando.

Claro que está.

— Tudo bem, só para argumentar, digamos que eu esteja interessada em alguém; e eu não estou. Que tipo de cara você acha que eu atrairia, sabendo que vou sair da vida dele daqui a um mês?

— Você não precisa falar nisso — diz Heather. — Obviamente isso faz parte do negócio, e um mês já é mais tempo do que alguns casais duram. Então, não se preocupe com isso. Considere um caso de amor natalino.

— "Caso de amor natalino"? Você realmente falou isso? — Reviro os olhos. — Você precisa ficar longe do Hallmark Channel nesta época do ano.

— Pense bem! É um relacionamento sem pressão, porque a coisa toda tem uma data para acabar. E você vai ter uma ótima história para contar às suas amigas quando voltar para casa.

Percebo que não vou ganhar a discussão de jeito nenhum. Heather é mais implacável do que Rachel, e isso diz muito. A única saída é deixar as coisas rolarem até que seja tarde demais para desistir.

— Vou pensar — digo.

Ouço as risadas familiares de duas mulheres lá fora, afasto a cortina e espio. Duas mulheres da *Downtown Association*, com os braços cheios de cartazes, andam em direção à Tenda.

Embrulho o resto do sanduíche para levar comigo e abraço Heather.

— Vou ficar de olho em um Romeu natalino, mas agora preciso voltar ao trabalho.

Heather embala o próprio sanduíche e o enfia na sacola de sobras. Ela me segue para fora do trailer e vai em direção ao próprio carro.

— Também vou ficar de olho nele — grita ela em resposta.

As senhoras da *Downtown Association* estão falando com minha mãe no balcão quando eu entro. A mais velha, com uma longa trança grisalha, mostra um cartaz com um caminhão de lixo decorado com luzes de Natal.

— Se você pudesse pendurar alguns outra vez, a cidade agradeceria muito. Nosso desfile natalino vai ser maior do que nunca este ano! Não queremos que ninguém da comunidade perca.

— Claro — diz minha mãe, e a mulher de trança coloca quatro cartazes no balcão. — Sierra vai pendurá-los hoje à tarde.

Eu me abaixo sob o balcão para pegar a pistola de grampos. Saindo da Tenda com os cartazes, abafo uma risada ao analisá-los. Não tenho certeza se um caminhão de lixo decorado vai reunir uma multidão maior, mas dá uma sensação de cidade pequena. Quando eu era mais nova, a família de Heather me levou para o desfile algumas vezes, e admito que foi divertido. A maioria dos desfiles natalinos que vejo agora são pela televisão, transmitidos de Nova York ou Los Angeles. Geralmente não incluem participações como a da Sociedade de Proprietários de Pugs, nem os Amigos da Biblioteca, nem tratores que tocam versões country de músicas natalinas enquanto passam pelas ruas — embora eu possa imaginá-los fazendo isso no desfile da minha cidade natal em Oregon.

Seguro o último cartaz contra um poste de luz de madeira na entrada do nosso lote, perfurando um grampo em cada um dos cantos superiores. Passando a mão na parte de baixo do cartaz, ouço a voz de Andrew atrás de mim.

— Precisa de ajuda?

Meus ombros ficam tensos.

— Pode deixar comigo.

Perfuro mais dois grampos nos cantos inferiores. Dou um passo para trás e finjo analisar meu trabalho por tempo suficiente para Andrew ir embora.

Quando viro, vejo que ele não estava falando comigo, mas com um garoto maravilhoso mais ou menos da nossa idade, alguns centímetros mais alto que Andrew. O cara segura uma árvore na vertical com uma das mãos e tira os cabelos escuros dos olhos com a outra.

— Obrigado, mas estou bem — diz ele, e Andrew se afasta.

O cara olha para mim e sorri, uma covinha linda se aprofundando na bochecha esquerda.

Sinto meu rosto ficar vermelho no mesmo instante, então baixo o olhar para o chão. Meu estômago se agita, e eu respiro fundo e me lembro que um sorriso fofo não significa absolutamente nada sobre a pessoa.

— Você trabalha aqui? — Sua voz é suave, me lembrando dos antigos *crooners*, cujas músicas meus avós tocavam durante as festas natalinas.

Levanto o olhar, me obrigando a agir da maneira mais profissional que posso.

— Você encontrou tudo o que precisa?

Seu sorriso continua, junto com a covinha. Coloco uma mecha de cabelo atrás da orelha e me obrigo a não desviar o olhar. Tenho que me controlar para não me aproximar.

— Encontrei — diz ele. — Obrigado.

O modo como ele olha para mim — quase me analisando — me deixa perturbada. Pigarreio e desvio o olhar, mas, quando olho de novo, ele já está se afastando, a árvore apoiada no ombro como se não pesasse quase nada.

— Esse é um belo tom de vermelho, Sierra.

Em pé ao lado do poste de luz, Andrew balança a cabeça para mim. Quero responder alguma coisa sarcástica, mas minha língua ainda não se soltou.

— Você sabia que as covinhas são, na verdade, uma deformidade? — continua ele. — Significa que ele tem um músculo curto demais no rosto. É meio nojento, se a gente pensar bem.

Coloco meu peso sobre um pé e dou a Andrew meu melhor olhar de "*Já acabamos aqui?*". Pode parecer mais cruel do que eu gostaria que fosse, mas, se ele acha que esse tipo de ciúme é o caminho para o meu coração, preciso jogar uma bigorna na cabeça dele.

Levo a pistola de grampos de volta para o balcão e espero. Talvez o cara com covinha volte para comprar um festão ou um dos nossos regadores com bico extralongo. Ou talvez ele precise de luzes ou visco. Mas aí eu me sinto idiota. Falei a Heather todos os motivos pelos quais não quero me envolver com ninguém enquanto estiver aqui — bons motivos —, e eles não mudaram nos últimos dez minutos.

Vou ficar aqui durante um mês. Um mês! Não tenho tempo, nem coração para me envolver.

Ainda assim, a ideia agora já se instalou. Talvez eu não me importe com um namoro com data de validade. Talvez eu não fosse tão exigente, como minhas amigas gostam de dizer, em relação a imperfeições se soubesse que não iria estar — não poderia estar — com ele por mais de algumas semanas. Se ele por acaso for gostoso e tiver uma covinha adorável, melhor para ele! E para mim.

Mando uma mensagem de texto para Heather naquela tarde: **O que exatamente envolveria um caso de amor natalino?**

O sol mal nasceu, e já tenho duas mensagens de texto me esperando quando acordo.

A primeira é da Rachel, reclamando do trabalho necessário para planejar um baile formal de inverno quando as pessoas normais estão estudando para as provas finais ou fazendo compras de Natal. Se eu estivesse lá, sei que ela iria me convencer facilmente a ajudar, mas não tem muita coisa que eu possa fazer a 1.500 quilômetros de distância.

Felizmente, equilibrar meu trabalho no lote com a escola não é muito difícil. Meus professores enviam anotações de aula e recursos visuais, e eu faço as tarefas quando as coisas ficam mais calmas e consigo me conectar on-line. Falar com Monsieur Cappeau uma vez por semana não vai ser a coisa mais divertida do mundo, mas pelo menos não vou perder a prática da parte oral da aula de francês.

Sentada na minha cama, leio a segunda mensagem de texto, da Heather: **Por favor, me diz que você está falando sério em relação ao namorado natalino. Devon passou a noite toda falando do** seu time de futebol americano imaginário. Me salva! Estou quase fazendo ele precisar de uma namorada imaginária.

Eu me levanto e envio uma resposta: **Um cara muito bonito comprou uma árvore ontem.**

Enquanto estou a caminho do chuveiro, ela responde: **Detalhes!**

Antes que eu consiga desamarrar o nó da minha calça de pijama, ela manda mais uma mensagem: **Esquece! Me conte quando eu levar o almoço.**

Depois do banho, visto um suéter cinza e uma calça jeans. Prendo os cabelos em um rabo de cavalo alto, puxo alguns fios para ficarem soltos no meu rosto, passo um pouco de maquiagem e saio para a manhã fria. Na Tenda, minha mãe está atrás do balcão colocando troco na caixa registradora. Quando me vê, aponta para minha caneca de ovo de Páscoa ainda fumegante no balcão, já com uma bengala doce ali dentro.

— Você acordou há muito tempo? — pergunto.

Ela sopra suavemente a superfície da sua bebida.

— Nem todo mundo consegue dormir com suas mensagens de texto fazendo *ping* no celular.

— Ah. Me desculpe por isso.

Meu pai se aproxima e beija nós duas no rosto.

— Dia!

— Sierra e eu estávamos falando das mensagens de texto dela — diz minha mãe. — Suponho que ela não precise do sono de beleza, mas...

Meu pai dá um beijo nos lábios dela.

— Você também não precisa, querida.

Minha mãe ri.

— Quem disse que eu estava falando de mim?

Meu pai coça a barba grisalha ao longo do maxilar.

— Nós já concordamos que é importante ela ficar conectada com as amigas de casa.

Decido não contar a eles que uma das mensagens de texto era de Heather.

— Isso é verdade — diz minha mãe, depois me lança um olhar. — Mas talvez você possa pedir para sua vida em casa dormir de vez em quando.

Imagino Rachel e Elizabeth neste momento, provavelmente conversando por telefone para planejar o resto do fim de semana prolongado de Ação de Graças.

— Já que você falou da vida em casa — digo —, acho que está na hora de vocês me dizerem se vamos voltar no ano que vem ou não.

Minha mãe pisca e vira a cabeça. Ela olha para meu pai.

Ele toma um longo gole de café da garrafa térmica.

— Você andou ouvindo as nossas conversas atrás das portas?

Torço um fio de cabelo solto.

— Eu não estava ouvindo atrás das portas, eu *ouvi sem querer as conversas* — esclareço. — E aí, devo me preocupar?

Meu pai toma outro gole antes de responder.

— Não há motivo para se preocupar com a fazenda — diz ele. — As pessoas sempre vão querer árvores de Natal, mesmo que comprem em um supermercado. Mas pode ser que não estejamos vendendo árvores pessoalmente.

Minha mãe encosta no meu braço, com um olhar desconfortável no rosto.

— Vamos fazer tudo o que pudermos para manter o lote aberto.

— Não é só comigo que estou preocupada — digo. — Claro que eu quero que fique aberto por motivos pessoais, mas este lugar existe desde que o vovô o inaugurou. Foi aqui que vocês dois se conheceram. Esta é a vida de vocês.

Meu pai faz que sim devagar com a cabeça e depois dá de ombros.

— A fazenda é a nossa vida, é verdade. Acho que, com todo o trabalho bem cedo de manhã e tarde da noite em casa, eu sempre vi isso como um prêmio. Ver as pessoas empolgadas por encontrarem as árvores certas. Vai ser difícil abrir mão disso tudo.

Admiro muito o fato de eles nunca deixarem isso se tornar apenas um negócio.

— Tudo isso ainda vai acontecer com as nossas árvores — diz meu pai — em algum lugar, mas...

Mas outra pessoa vai poder ver isso acontecer.

Minha mãe tira a mão do meu braço, e nós duas olhamos para meu pai. Isso seria muito difícil para ele.

— O lote mal pagou as próprias contas nos últimos anos — diz ele. — No ano passado, com os bônus que dei à equipe, acabamos perdendo dinheiro. Compensamos isso com os atacadistas, e acho que é aí que as coisas estão acontecendo. Seu tio Bruce tem se concentrado mais nisso enquanto estamos fora. — Ele toma outro gole. — Não tenho certeza do quanto podemos aguentar antes de finalmente admitir...

Ele deixa as palavras sumirem, incapaz de dizê-las — ou sem querer dizê-las.

— Então, pode ser que seja a última vez — digo. — Nosso último Natal na Califórnia.

O rosto da minha mãe é um espelho de gentileza.

— Não decidimos nada, Sierra. Mas pode ser uma boa ideia fazer com que este Natal seja memorável.

Heather entra no trailer carregando mais duas sacolas de sobras. Seus olhos estão elétricos, e eu sei que ela quer que eu fale sobre o cara bonito que veio aqui ontem. Devon entra atrás dela, olhando para o próprio celular. Mesmo com o rosto abaixado, dá para ver que ele é bonito.

— Sierra, este é Devon. Devon, esta é... Ei, olhe para cima.

Ele levanta o olhar para mim e sorri. Seu cabelo castanho curto emoldura as bochechas, mas são seus olhos reconfortantes que me fazem gostar dele de imediato.

— Prazer em te conhecer — digo.

— Igualmente — diz Devon. Ele prende o meu olhar por tempo suficiente para provar sua sinceridade, depois seu rosto mergulha de novo no celular.

Heather entrega a Devon uma das sacolas de comida.

— Baby, leve isso para os caras lá fora. Depois ajude a carregar árvores ou alguma coisa assim.

Devon pega a sacola sem tirar os olhos do celular e sai do trailer. Heather senta à mesa de frente para mim, e eu coloco o computador na almofada ao meu lado.

— Desconfio que seus pais não estavam em casa quando Devon foi te buscar — digo. Heather parece confusa, e eu aponto para o cabelo dela. — Está meio bagunçado na parte de trás.

Suas bochechas ficam vermelhas, e ela passa os dedos nos fios emaranhados.

— Ah, certo...

— Então... Como estão indo as coisas entre você e o sr. Monossilábico?

— Que palavra interessante — diz ela. — Se as opções são escutá-lo ou beijá-lo, beijar é um uso muito melhor da boca.

Caio na gargalhada.

— Eu sei, eu sei, sou um péssimo ser humano — diz ela. — Agora me conte sobre o cara que apareceu aqui.

— Não tenho a menor ideia de quem ele é. Não tenho muita coisa para falar.

— Como ele é? — Heather abre a tampa de um pote com salada de peru com nozes e pedaços de aipo. Sua família ainda está tentando livrar a casa do Dia de Ação de Graças.

— Eu só vi o cara por um instante — digo —, mas ele parecia ter a nossa idade. Ele tinha uma covinha que...

Heather se inclina para a frente, os olhos semicerrados.

— E cabelo escuro? Um sorriso de matar?

Como é que ela sabe disso?

Heather pega o celular, aperta algumas teclas e depois me mostra uma foto do cara de quem estou falando.

— É ele? — Ela não parece feliz.

— Como você sabe?

— A primeira coisa que você mencionou foi a covinha. Essa foi a dica. — Ela balança a cabeça. — Além do mais, seria sorte minha. Sinto muito, Sierra, mas não. Caleb não.

Então o nome dele é Caleb.

— Por quê?

Ela se recosta e coloca a ponta dos dedos na borda da mesa.

— Ele simplesmente não é a melhor opção, está bem? Vamos encontrar outra pessoa.

Não vou deixar isso acabar aqui, e ela sabe disso.

— Tem um boato — diz ela —, mas tenho quase certeza de que é verdade. De qualquer maneira, algo aconteceu.

— O que foi? — Esta é a primeira vez que a ouço falar de alguém de um jeito tão obscuro. — Você está me deixando nervosa.

Ela balança a cabeça.

— Não quero me meter nisso. Odeio ser fofoqueira, mas não vou sair em casal com ele.

— Me fala.

— Não é confirmado, está bem? É só uma coisa que eu ouvi. — Ela me olha nos olhos, mas não vou dizer nem uma palavra até ouvir a história. — Dizem que ele atacou a irmã com uma faca.

— O quê? — Meu estômago se revira. — Aquele cara é... Ela ainda está viva?

Heather ri, mas não consigo dizer se é da minha expressão chocada ou porque ela estava brincando. Meu coração ainda está batendo forte, mas acabo sorrindo também.

— Não, ele não a matou — diz Heather. — Pelo que eu sei, ela está bem.

Então não era uma piada.

— Mas ela não mora mais aqui — diz Heather. — Não sei se é por causa da agressão, mas é o que a maioria das pessoas pensam.

Deito na minha cama e coloco a mão na testa.

— Isso é intenso.

Heather coloca a mão por baixo da mesa e dá um tapinha na minha perna.

— Vamos continuar procurando.

Quero dizer para ela não se preocupar. Quero dizer que não estou mais interessada em um caso de amor natalino, especialmente se meu radar estiver tão enguiçado que o cara que escolhi atacou a própria irmã com uma faca.

Depois que terminamos a salada de peru, saímos para procurar Devon e eu poder voltar ao trabalho. Ele está sentado em uma mesa de piquenique atrás da Tenda com um grupo de caras, todos comendo as sobras de Heather. Há também uma garota bonita que eu nunca vi, se aconchegando em Andrew.

— Acho que não nos conhecemos — digo. — Sou Sierra.

— Ah, seus pais são donos deste lugar! — Ela estende a mão com unhas pintadas, e eu aperto. — Sou Alyssa. Só passei para almoçar com Andrew.

Olho de relance para Andrew, que agora está com três tons de vermelho.

Ele dá de ombros.

— Nós não... Você sabe...

O rosto da menina desaba. Sua mão cobre o coração, e ela olha para Andrew.

— Vocês dois estão...?

— Não! — digo rapidamente.

Não sei o que Andrew está tentando fazer. Se está com ela, ele quer que eu pense que não é nada sério? Como se eu me importasse! De qualquer maneira, espero que eles se tornem sérios. Talvez Alyssa o ajude a superar tudo o que ele sente por mim.

Viro para Heather.

— Te vejo mais tarde?

— Devon e eu podemos te buscar depois do expediente — diz ela. — Talvez a gente saia e tente conhecer algumas pessoas; ou *uma pessoa*. Você só quer um, certo?

Heather não é apenas insistente, ela nem tenta ser sutil.

Ela ergue uma sobrancelha para mim.

— Um mês, Sierra. Muita coisa pode acontecer em um mês.

— Não hoje à noite — digo. — Talvez em breve.

Mas, nos dias seguintes, não consegui parar de pensar em Caleb.

Sete

Na maioria dos dias de semana, Heather para aqui no caminho da escola para casa. Às vezes, fica no balcão e me ajuda quando aparecem pais com crianças pequenas. Enquanto eu cobro da mãe ou do pai, ela distrai as crianças.

— Na noite passada, perguntei ao Devon o que ele queria de Natal — diz Heather na estação de bebidas. Ela está colocando os marshmallows com cuidado, um por um, no chocolate quente.

— O que foi que ele disse?

— Espera, estou contando. — Depois de colocar o décimo oitavo marshmallow, ela toma um gole. — Ele deu de ombros. Essa foi a duração da conversa. Então pensei que provavelmente foi melhor assim. E se ele quisesse uma coisa cara? E aí, se ele me perguntasse, *eu* teria que pedir uma coisa cara.

— E isso é um problema porque...

— Não é certo nós dois comprarmos coisas boas um para o outro antes de eu terminar com ele!

— Então vocês dois podem fazer alguma coisa — digo. — Algo pequeno e barato.

— Caseiro e atencioso? Isso é pior ainda! — Ela vai até uma árvore flocada e encosta suavemente na neve falsa. — Como você termina com alguém que acabou de esculpir um bonequinho de madeira para você ou algo assim?

— Isso está ficando complicado demais — digo. De baixo do balcão, puxo uma caixa de papelão cheia de visco ensacado e coloco no banco. — Talvez você devesse fazer isso agora. Ele vai se machucar de qualquer maneira.

— Não, eu definitivamente vou ficar com ele durante as festas. — Tomando outro gole, ela se aproxima do lado oposto do balcão. — Mas está na hora de falar sério sobre escolher alguém para você. O desfile está chegando, e eu quero que você saia em casal com a gente.

Estendo a mão sobre o balcão para reabastecer o mostruário de visco.

— Acho que essa ideia toda de um romance natalino não vai funcionar. Admito que pensei no assunto quando vi Caleb, mas primeiras impressões claramente não são o meu ponto forte.

Heather me olha diretamente nos olhos e acena com a cabeça em direção ao estacionamento.

— Lembre-se disso, está bem? Porque ele está vindo. — Sinto meus olhos se arregalarem.

Ela dá um passo para trás e faz um sinal para eu me juntar a ela. Contorno o balcão e ela aponta para uma velha caminhonete roxa. A cabine está vazia.

Se essa é a caminhonete dele, o que ele está fazendo aqui? Ele já comprou uma árvore. Abaixo da guarda traseira há um adesivo de uma escola da qual eu nunca ouvi falar.

— Onde fica a Sagebrush Junior High? — pergunto.

Heather dá de ombros, e um cacho se solta de onde ela o colocou atrás da orelha.

Esta cidade tem seis escolas primárias. Todo inverno, eu frequentava a mesma que Heather. Elas alimentam uma escola secundária, que eu também frequentei, e depois uma escola de ensino médio. Foi quando comecei a fazer minhas tarefas on-line.

Heather olha para as árvores.

— Ah! Lá está ele! Meu Deus, como ele é bonito.

— Eu sei — sussurro. Evito olhar para onde ela está olhando e, em vez disso, observo a ponta do meu sapato escavar a terra.

Ela encosta no meu cotovelo e sussurra:

— Lá vem ele. — Antes que eu possa dizer alguma coisa, ela sai em linha reta para o outro lado da Tenda.

Pelo canto do olho, vejo alguém surgir por entre duas das nossas árvores. Caleb caminha direto para mim, brilhando seu sorriso de covinha.

— Seu nome é Sierra?

Tudo o que consigo fazer é concordar com a cabeça.

— Então é de você que os funcionários estão falando.

— Como é?

Ele dá uma risada.

— Eu não sabia se havia outra garota trabalhando hoje.

— Só eu — digo. — Meus pais são donos deste lugar. E o administram.

— Agora faz sentido eles terem medo de falar com você — diz ele. Quando não respondo, ele continua: — Estive aqui outro dia. Você me perguntou se eu precisava de ajuda.

Não sei o que devo dizer. Ele alterna o peso entre os pés. Quando continuo sem falar nada, ele muda o peso outra vez, e isso quase me faz rir. Pelo menos não sou a única que está nervosa. Atrás dele, vejo dois dos jogadores de beisebol varrendo as agulhas no meio das árvores.

Caleb para ao meu lado e os observa varrendo. Fico imóvel, me obrigando a não me afastar.

— Seu pai realmente faz os caras limparem os banheiros externos se eles falarem com você?

— Até se ele *pensar* que eles querem falar comigo.

— Então seus banheiros externos devem ser extremamente limpos — diz ele, e essa é a cantada mais estranha que já ouvi, se é que foi isso.

— Posso ajudar com alguma coisa? — pergunto. — Sei que você já tem uma árvore...

— Então você se lembra de mim. — Ele parece um pouco satisfeito demais por isso.

— Eu faço o controle de estoque — digo, fazendo com que a lembrança dele seja apenas um negócio — e sou boa no meu trabalho.

— Entendo. — Ele faz que sim com a cabeça devagar. — Que tipo de árvore eu comprei?

— Um abeto nobre. — Não tenho a menor ideia se isso é verdade.

Agora ele parece impressionado.

Contorno o balcão, deixando a caixa registradora e o visco entre nós.

— Posso te ajudar com mais alguma coisa?

Ele me entrega a etiqueta de uma árvore.

— Esta é maior que a última, então alguns dos caras a estão colocando na minha caminhonete.

Eu me vejo encarando fixamente seus olhos por tempo demais, então desvio o olhar para os mostruários mais próximos.

— Você precisa de uma guirlanda também? Estão frescas. Ou um enfeite? — Parte de mim quer apenas vender a árvore para que ele possa ir embora e essa estranheza possa acabar, mas parte de mim também quer que ele fique.

Ele não diz nada durante vários segundos, o que me obriga a olhar para Caleb novamente, e ele está analisando tudo dentro da Tenda. Talvez ele precise de mais alguma coisa. Ou talvez esteja procurando uma desculpa para ficar mais tempo. Aí, quando ele vê as bebidas, seu sorriso fica mais brilhante.

— Eu definitivamente aceito um chocolate quente.

Na estação de bebidas, ele pega um copo de papel no topo da torre de copos que fica de cabeça para baixo. Mais além, vejo Heather espiar por detrás de uma árvore flocada, bebendo seu chocolate quente. Quando ela me vê observando, balança a cabeça e diz sem som "péssima ideia" antes de se esconder lentamente de novo atrás dos galhos.

Meu coração para por um segundo quando ele abre uma bengala doce para mexer o chocolate em pó na água quente. Quando ele solta a bengala doce, ela continua a girar na bebida.

— É assim que faço o meu — digo.

— Por que você não faria isso?

— Parece um mocaccino de hortelã barato — digo.

Ele inclina a cabeça e olha para a bebida com novos olhos.

— Você pode chamar assim, mas é meio ofensivo.

Ele passa a bebida para a outra mão e depois estende a mão para apertar a minha.

— Prazer em te conhecer oficialmente, Sierra.

Olho para a mão dele, depois para ele, e hesito por uma fração de segundo. Naquele momento, vejo seus ombros se abaixarem um pouco. Sei que não devo ser tão crítica em relação a um boato do qual nem Heather tem certeza. Aperto a mão dele.

— Seu nome é Caleb, certo?

Seu sorriso hesita.

— Quer dizer que alguém falou de mim para você.

Congelo. Mesmo que ele não seja o cara com quem vou ter um romance natalino, ele não merece ser julgado por alguém que descobriu seu nome há pouco tempo.

— Devo ter ouvido seu nome de alguém que te ajudou — digo.

Ele sorri, mas a covinha não aparece.

— Então, quanto eu te devo?

Fecho a conta, e ele tira a carteira, que está lotada de notas. Ele me entrega duas notas de vinte e várias de um.

— Não consegui tirar minhas gorjetas da noite passada — diz ele, com um leve rubor surgindo. A covinha se aprofunda na bochecha outra vez.

É preciso uma força de vontade absoluta para não perguntar onde ele trabalha, para eu poder passar lá por acaso de propósito.

— Sempre precisamos de mais notas de um — digo. Conto as notas e dou o troco de cinquenta centavos.

Ele coloca as moedas no bolso e o rubor desaparece, a confiança recuperada.

— Talvez eu te veja mais uma vez antes do Natal.

— Você sabe onde me encontrar — digo. Não tenho certeza se isso pareceu um convite ou se foi exatamente o que eu quis dizer. Será que eu quero vê-lo de novo? Não é da minha conta descobrir sua história, mas não consigo parar de imaginar o modo como seus ombros caíram quando eu não apertei a mão dele de imediato.

Ele sai da Tenda, enfiando a carteira no bolso traseiro. Dou um instante a ele, depois saio de trás do balcão para vê-lo ir embora. Enquanto caminha até a caminhonete, ele entrega alguns dólares para um dos caras.

Heather aparece ao meu lado e observamos Caleb e um dos nossos funcionários fecharem a guarda traseira.

— Da minha perspectiva, pareceu desconfortável para vocês dois — diz ela. — Sinto muito, Sierra. Eu não devia ter dito nada.

— Não, tem alguma coisa ali — digo. — Não sei o quanto é verdade, mas esse cara tem algum tipo de história.

Ela me olha com a sobrancelha arqueada.

— Você ainda está a fim dele, não é? Você realmente está pensando em se envolver.

Dou uma risada e volto para minha estação atrás do balcão.

— Ele é bonitinho. Só isso. Não é suficiente para eu me envolver.

— Bem, isso é muito sábio — diz Heather —, mas ele é o único cara com quem eu te vi tão desconfortável desde que te conheci.

— Ele também estava desconfortável!

— Ele teve seus momentos — diz ela —, mas você ganhou essa disputa.

Depois de um telefonema no qual descrevo minha semana em francês para Monsieur Cappeau, minha mãe me deixa sair do trabalho cedo. Heather faz uma maratona de filmes todo ano, estrelando sua última paixão entre as celebridades e um pote sem fundo de pipoca. Meu pai me oferece sua caminhonete, mas decido ir a pé. Em casa, eu teria pego suas chaves em um segundo para evitar o frio. Aqui, mesmo no fim de novembro, está relativamente agradável ao ar livre.

A caminhada me leva além do único outro lote de árvores de propriedade familiar na cidade. A variedade de árvores dele e a barraca de vendas vermelha e branca ocupam três fileiras de um estacionamento de supermercado. Sempre passo por lá algumas vezes durante a temporada para dizer "oi". Assim como meus pais, os Hoppers raramente saem dali quando as vendas começam.

Com os braços enterrados na metade superior de uma árvore, o sr. Hopper leva um cliente até o estacionamento. Ando em direção a eles, me espremendo entre os carros estacionados, para cumprimentá-los pela primeira vez este ano. O cara que carrega o tronco da árvore solta o lado dele na guarda traseira abaixada de uma caminhonete roxa.

Caleb?

O sr. Hopper empurra a árvore até o fim. Ele vira na minha direção, e eu não viro de costas com rapidez suficiente.

— Sierra?

Expiro fundo e viro de novo. Usando uma jaqueta xadrez laranja e preta e um chapéu com protetor de orelha combinando, o sr. Hopper se aproxima e me envolve em um abraço caloroso. Uso esse momento para olhar para Caleb. Ele se recosta na caminhonete, e seus olhos sorriem para mim.

O sr. Hopper e eu conversamos rapidamente, e eu concordo em passar lá de novo antes do Natal. Quando ele volta para o lote, Caleb ainda está me olhando, bebendo alguma coisa em um copo de papel com tampa.

— Me conta qual é o seu vício — digo. — São as árvores de Natal ou as bebidas quentes?

Sua covinha se aprofunda, e eu me aproximo. Seu cabelo é espetado na frente, como se todo esse levantamento de árvores não lhe desse tempo suficiente para escová-lo. Antes de ele responder à minha pergunta, o sr. Hopper e um dos funcionários colocam uma segunda árvore na caminhonete de Caleb.

Caleb olha para mim e dá de ombros.

— Sério, o que está acontecendo? — pergunto.

Ele fecha a guarda traseira de um jeito casual, como se encontrá-lo em outro lote de árvores não fosse extremamente estranho.

— Eu gostaria de saber o que traz *você* aqui — diz ele. — Está de olho na concorrência?

— Ah, não existe concorrência na época do Natal — digo. — Mas, já que você parece ser especialista, quem tem o melhor lote?

Ele toma um gole da bebida, e eu observo seu pomo-de-adão descer enquanto ele engole.

— Sua família arrasa com eles — responde ele. — Esses caras não tinham bengalas doces.

Finjo repulsa.

— Como eles têm coragem?

— Não é? — diz ele. — Acho que eu deveria ficar com vocês.

Ele toma outro gole, seguido de silêncio. Ele está deixando implícito que vai comprar ainda mais árvores? Isso significa mais oportunidades de esbarrar nele, e eu não sei como deveria me sentir em relação a isso.

— Que tipo de pessoa compra tantas árvores em um dia? — pergunto. — Ou até mesmo em uma temporada?

— Respondendo à sua primeira pergunta — diz ele —, sou viciado em chocolate quente. Suponho que, se eu tiver que ter um vício, esse não é dos piores. À sua segunda pergunta, quando você tem uma caminhonete, acaba inventando várias maneiras de enchê-la. Por exemplo, ajudei três pessoas com quem minha mãe trabalha a se mudarem no verão.

— Entendo. Então você é esse tipo de cara — digo. Vou até uma de suas árvores e puxo suavemente as agulhas. — Você é aquele com quem todo mundo pode contar para ajudar.

Ele apoia os braços na parede da caçamba da caminhonete.

— Isso te surpreende?

Ele está me testando porque sabe que ouvi alguma coisa sobre ele. E está certo em me testar, porque não tenho certeza de como responder.

— Deveria me surpreender?

Ele olha para as próprias árvores, e percebo que ele está decepcionado por eu ter evitado a pergunta.

— Suponho que essas árvores não são todas para você — digo.

Ele sorri.

Eu me inclino para a frente, sem ter certeza se deveria fazer isso, mas também me sentindo compelida.

— Bem, se você pretende comprar mais alguma, conheço muito bem os proprietários do outro lote. Posso conseguir um desconto.

Ele pega a carteira, outra vez recheada com notas de um dólar, e tira algumas.

— Na verdade, estive lá duas vezes desde que te vi pendurando aquele cartaz do desfile, mas você não estava.

Isso foi uma admissão de que ele esperava me ver? Não posso perguntar isso, é claro, então aponto para a carteira dele.

— Sabe, os bancos deixam você trocar todas essas notas de um por uma de valor maior.

Ele vira a carteira nas mãos.

— O que posso dizer, sou preguiçoso.

— Pelo menos você conhece seus defeitos — digo. — Isso é saudável.

Ele enfia a carteira no bolso.

— Conhecer meus defeitos é algo no qual eu sou bom.

Se eu fosse mais ousada, usaria isso como abertura para perguntar sobre a irmã dele, mas uma pergunta como essa poderia facilmente fazê-lo entrar na caminhonete e ir embora.

— Defeitos, é? — Dou um passo para perto dele. — Comprando tantas árvores e ajudando as pessoas a se mudarem, você deve estar no topo da lista dos malvados do Papai Noel.

— Falando desse jeito, acho que não sou tão ruim.

Estalo os dedos.

— Você provavelmente considera seu desejo por doces um grande pecado.

— Não, não me lembro desse pecado ser mencionado na igreja — diz ele. — Mas a preguiça foi, e eu sou preguiçoso. Ainda não substituí o pente que perdi alguns meses atrás.

— E olha só o resultado — digo, observando seus cabelos. — Isso é quase imperdoável. Você pode precisar vasculhar outros lugares em busca de árvores com desconto.

— *Vasculhar?* — diz ele. — Quero dizer, é uma boa palavra, mas acho que nunca usei em uma frase.

— Ah, por favor, não me diga que você acha essa palavra difícil.

Ele ri, e sua risada é tão perfeita que eu quero continuar a arrancá-la dele. Mas esse conforto com as nossas provocações não é bom. Apesar de ele ser bonito ou fácil de brincar, tenho que me lembrar da preocupação de Heather.

Como se ele pudesse ver os pensamentos girando na minha mente, seu rosto fica ressentido. Seu olhar volta para as árvores.

— O que foi? — pergunta ele.

Se continuarmos nos esbarrando, sempre haverá uma conversa — esse boato — pendurada sobre nós.

— Olha, obviamente eu ouvi alguma coisa... — As palavras secam na minha garganta. Mas por que eu preciso dizê-las? Podemos simplesmente voltar a ser o cliente e a garota da árvore. Isso não precisa ser falado.

— Você está certa, é muito óbvio — diz ele. — Sempre é.

— Mas não quero acreditar nisso se...

Ele tira as chaves do bolso e continua sem olhar para mim.

— Então não se preocupe com isso. Podemos ser simpáticos um com o outro, vou comprar minhas árvores com você, mas... — Seu maxilar fica tenso. Dá para perceber que ele está tentando levantar os olhos para me olhar, mas não consegue.

Não há mais nada que eu possa dizer. Ele não me disse que o que eu ouvi é mentira. As próximas palavras precisam vir dele.

Ele vai para a cabine da caminhonete, entra e fecha a porta.

Dou um passo para trás.

Ele dá partida no motor e acena discretamente para mim enquanto sai.

Oito

Só começo a trabalhar ao meio-dia no sábado, então Heather me pega cedo e eu peço para ela nos levar ao Breakfast Express. Ela me olha de um jeito estranho, mas dirige naquela direção.

— Você descobriu se pode ir ao desfile conosco? — pergunta ela.

— Não deve ter problema — digo. — A cidade toda vai para esse negócio. Não vamos ficar lotados até depois que acabar.

Penso no aceno triste que Caleb me deu quando se afastou na noite passada e no peso nos ombros que o impediu de olhar para mim.

Mesmo que existam motivos para eu não me envolver, ainda quero ver sua caminhonete entrar no lote outra vez.

— Devon acha que você deveria chamar o Andrew para ir ao desfile — diz Heather. — Bom, eu sei o que você vai dizer...

Agradeço porque meus globos oculares não saltam para o painel.

— Você falou para o Devon que é uma péssima ideia?

Ela levanta um ombro.

— Ele acha que você deveria dar uma chance para o cara. Não estou dizendo que concordo com ele, mas o Andrew gosta de você.

— Bem, eu não gosto dele de jeito nenhum. — Eu me encolho no assento. — Uau. Isso pareceu tão cruel.

Heather para no meio-fio em frente ao Breakfast Express, uma lanchonete temática dos anos 1950 instalada em dois vagões desativados. Um vagão é a lanchonete e o outro é a cozinha. Sob os dois carros, as rodas de aço estão ancoradas em trilhos de verdade colocados sobre dormentes de madeira quebrados. O melhor de tudo é que eles servem café da manhã — só café da manhã — o dia todo.

Antes de desligar o motor, Heather olha para as janelas dos vagões atrás de mim.

— Olha, eu não ia dizer "não" porque sei que você adora vir aqui.

— Tudo bem — digo, sem saber do que se trata tudo isso. — Se você quiser ir a outro lugar...

— Mas, antes de entrarmos — diz ela —, você precisa saber que Caleb trabalha aqui. — Ela espera eu engolir a informação, que desce como uma pedra.

— Ah.

— Não sei se ele está trabalhando hoje, mas pode estar — diz ela. — Então, pense em como você vai se sentir.

Ao me aproximar da escada do vagão-lanchonete, meu coração bate cada vez mais rápido. Sigo Heather pelos degraus, e ela abre a porta de metal vermelha.

Discos de vinil e fotos de filmes e programas de TV antigos decoram as paredes até o teto. O corredor central tem mesas enfileiradas dos dois lados, que conseguem acomodar no máximo quatro pessoas, e almofadas vermelhas de plástico salpicadas de brilhos prateados. Apenas três mesas estão ocupadas agora.

— Talvez ele não esteja aqui — digo. — Talvez seja o seu dia de...

Antes que eu consiga terminar, a porta da cozinha se abre, e Caleb passa por ela. Está usando uma camisa social branca, calça cáqui e um chapéu de papel. Ele carrega uma bandeja com dois pratos de café da manhã até uma mesa e coloca um prato na frente de cada pessoa. Ele baixa a bandeja na lateral e vem na nossa direção. Depois de alguns passos, ele pisca ao me reconhecer, seu olhar se alternando entre mim e Heather. Seu sorriso parece cauteloso, mas pelo menos está lá.

Enfio as mãos nos bolsos do casaco.

— Caleb. Eu não sabia que você trabalhava aqui.

Ele pega dois cardápios de uma prateleira ao lado de Heather, seu sorriso desaparecendo.

— Você teria vindo se soubesse?

Não sei como responder.

— Este era o lugar preferido dela quando criança — diz Heather.

— É verdade — comento. — As panquecas eram minhas preferidas.

Caleb começa a andar pelo corredor.

— Não precisa explicar.

Heather e eu o seguimos até uma mesa na ponta mais distante do vagão. Como em todas as mesas pelas quais passamos, essa também tem sua própria janela retangular. Deste lado, as janelas dão para a rua onde estacionamos.

— É a melhor mesa do trem — diz ele.

Heather e eu deslizamos no banco em lados opostos da mesa.

— O que a torna tão boa? — pergunto.

— Ela é a mais próxima da cozinha... — Seu sorriso retorna. — Um bule de café fresco vai chegar até vocês antes de mais ninguém. Além do mais, fica mais fácil conversar com pessoas que eu conheço.

Com isso, Heather pega um cardápio e começa a ler. Sem desviar o olhar, ela desliza o outro cardápio para perto de mim. Não sei dizer se era para parecer indiferente a Caleb, mas foi a impressão que deu.

— Se ficar entediado — digo a ele —, estaremos aqui.

Caleb olha para Heather, que continua lendo o cardápio. Ninguém fala durante vários segundos, e Caleb desiste e desaparece atrás da porta da cozinha.

Empurro o cardápio de Heather para a mesa.

— O que foi isso? Tenho certeza que agora ele acha que foi você que me contou o boato. Mas você nem sabe se é verdade.

— Não sei o *quanto* é verdade — diz ela. — Me desculpa, eu simplesmente não sabia mais o que dizer. Estou preocupada com você.

— Por quê? Por que eu acho ele bonito? Até onde eu sei, isso é tudo o que ele tem de bom.

— Mas ele está interessado em você, Sierra. Eu o vejo todos os dias na escola e ele nunca esteve tão falante. E, tudo bem, mas você não precisa flertar tão obviamente quando...

— Uau! — Levanto a mão. — Em primeiro lugar, eu não estava fazendo nada obviamente. Em segundo lugar, eu nem o conheço, então não tem motivo para você se preocupar.

Heather pega o cardápio de novo, mas percebo que ela não está lendo.

— O que eu sei sobre Caleb é o seguinte — digo. — Ele trabalha em uma lanchonete e compra muitas árvores. Então, enquanto eu provavelmente continuar esbarrando nele, é aí que tudo termina. Não preciso vê-lo mais do que isso, e não quero saber mais do que isso. Está bem?

— Entendi — diz Heather. — Me desculpa.

— Que bom. — Eu me recosto. — Então, talvez eu possa saborear minhas panquecas sem esse nó no meu estômago.

Heather me dá um meio sorriso.

— Essas coisas vão *causar* um nó no seu estômago.

Pego meu cardápio e o analiso apesar de saber o que vou pedir. Isso me dá um ponto para olhar enquanto forço ainda mais o assunto.

— Além do mais, não importa o que aconteceu, ele ainda se tortura por causa disso.

Heather bate com o cardápio na mesa.

— Você falou com ele sobre esse assunto?

— Não tivemos chance — digo —, mas o corpo todo dele demonstrou.

Ela olha para a porta fechada da cozinha. Quando vira de novo para mim, coloca a palma das mãos nas têmporas.

— Por que as pessoas são tão complicadas?

Dou uma risada.

— Não é? Seria muito mais fácil se elas fossem exatamente como nós.

— Está bem, antes que ele volte — diz Heather —, vou te falar o que sei sobre ele. E é tudo o que eu sei com certeza; sem boatos.

— Perfeito.

— Caleb e eu nunca fomos amigos, mas ele sempre foi simpático comigo. Deve haver, ou deve ter *havido*, outro lado, mas eu nunca soube.

Aponto para o cardápio dela.

— Então, não seja tão fria com ele.

— Não estou tentando ser. — Ela se inclina para a frente e coloca a mão sobre a minha. — Quero que você se divirta enquanto estiver aqui, mas você não pode fazer isso se o cara estiver carregando mais bagagem do que um avião.

A porta se abre, e Caleb sai com um bloquinho e um lápis. Ele para ao nosso lado.

— Vocês estão contratando? — pergunta Heather.

Caleb deixa de lado suas ferramentas de escrita.

— Você está procurando?

— Não, mas Devon precisa de um emprego — diz ela. — Ele se recusa a procurar, mas eu sei que isso iria apimentar um pouco a vida dele.

— Você é namorada dele — digo com uma risada. — Não é esse o *seu* trabalho?

Heather me chuta por baixo da mesa.

— Ou você está tentando se livrar dele? — pergunta Caleb.

— Eu não disse isso — retruca Heather um pouco rápido demais.

Caleb ri.

— Quanto menos eu souber, melhor. Mas vou perguntar ao gerente quando ele chegar.

— Obrigada — diz Heather.

Ele vira para mim.

— Se você quiser chocolate quente, preciso avisar que não temos bengalas doces. Pode não estar à altura dos seus padrões.

— Café está ótimo — digo. — Mas com toneladas de creme e açúcar.

— Eu aceito o chocolate quente — diz Heather. — Você pode colocar marshmallows a mais?

Caleb faz que sim com a cabeça.

— Já volto.

Quando ele está fora do alcance do ouvido, Heather se inclina para a frente.

— Você ouviu isso? Ele quer estar à altura dos seus padrões.

Eu me inclino na direção dela.

— Ele é garçom — digo. — Esse é o trabalho dele.

Quando Caleb volta, está carregando uma caneca de cerâmica coberta com uma pilha exagerada de marshmallows. Ele a coloca sobre a mesa e alguns transbordam.

— Não se preocupe, estou coando mais café — ele me diz.

A porta do outro lado da lanchonete se abre. Quando Caleb olha para ver quem entrou, uma mistura de surpresa e felicidade aparece em seus olhos. Viro e vejo uma mãe com gêmeas — talvez com uns seis anos — sorrindo para Caleb. As meninas são magras e ambas usam suéteres com capuz, esfarrapados nos punhos e com um tamanho maior que o delas. Uma das meninas segura um desenho com lápis de cera de uma árvore de Natal decorada em uma altura suficiente para Caleb ver.

— Já volto — sussurra ele para nós. Ele vai até as meninas e recebe o desenho de presente. — É lindo. Obrigado.

— É parecida com a árvore que você deu para nós — diz uma das meninas.

— Está toda decorada, agora — diz a outra. — Parece muito com essa.

Caleb olha atentamente para a imagem.

— Elas não se lembram da última vez que tiveram uma árvore — diz a mãe. Ela ajusta a alça da bolsa no ombro. — Eu mesma mal me lembro de ter uma. E, quando elas voltaram da escola, seus rostos... Elas simplesmente...

— Obrigado por isso — diz Caleb. Ele leva o desenho ao peito. — Mas o prazer foi meu.

A mãe respira fundo.

— As meninas queriam agradecer pessoalmente.

— Fizemos uma oração por você — diz uma delas.

Caleb inclina ligeiramente a cabeça para a menina.

— Isso significa muito.

— Quando ligamos para o banco de alimentos, o homem disse que você faz isso por conta própria — diz a mãe. — Ele nos disse que você trabalhava aqui e provavelmente não ia se importar se viéssemos.

— Bem, ele estava certo nisso. Na verdade... — Caleb dá um passo para o lado e aponta para a mesa mais próxima. — Vocês querem chocolate quente?

As meninas comemoram, mas a mãe diz:

— Não podemos ficar. Nós...

— Vou colocá-los em copos descartáveis — diz Caleb. Quando a mãe não recusa, ele começa a vir na nossa direção, e eu viro para Heather.

Quando ele está na cozinha, sussurro:

— É por isso que ele compra tantas árvores? Para dar a famílias que ele nem conhece?

— Ele não disse nada quando as comprou? — pergunta Heather.

Olho pela janela para os carros que estão passando. Cobrei o preço integral pela primeira árvore e tenho certeza que o sr. Hopper está fazendo o mesmo. Mas aqui está ele, trabalhando em uma lanchonete, comprando uma árvore atrás da outra. Não sei onde encaixar esta nova informação com a outra história que ouvi sobre ele.

Caleb volta da cozinha. Em uma das mãos, segura uma bandeja de papelão com três copos descartáveis tampados. Na outra, ele está com uma caneca de café, que coloca na minha frente antes de seguir em direção à família. Encaro Heather enquanto tomo meu café, já misturado com a combinação perfeita de creme e açúcar.

Caleb acaba voltando e fica em pé ao lado da nossa mesa.

— O café está bom? — pergunta ele. — Misturei lá dentro porque não dava para carregar a bebida delas e a sua com o creme e o açúcar.

— Está perfeito — digo. Por baixo da mesa, chuto o sapato de Heather. Ela olha para mim, e eu inclino um pouco a cabeça, pedindo para ela ir um pouco para o lado. Se eu pedisse para Caleb sentar ao meu lado, seria um sinal definitivo de que estou interessada. Se Heather convidá-lo, depois de ter dito que está com Devon, vira uma conversa meramente amigável.

Heather vai um pouco para o lado.

— Senta com a gente, menino da árvore.

Caleb parece surpreso, mas feliz com a oferta. Ele dá uma olhada rápida para as outras mesas antes de sentar de frente para mim.

— Sabe — diz Heather —, faz um tempo que ninguém me dá um desenho com lápis de cera de uma árvore de Natal.

— Eu não estava esperando isso — diz Caleb. Ele coloca o desenho no meio da mesa, virando-o para ficar de frente para mim. — É muito bom, não é?

Admiro a árvore, depois o encaro. Ele ainda está olhando para o desenho.

— Você, Caleb, é um homem multifacetado — digo.

Sem tirar os olhos do desenho, ele diz:

— Preciso destacar que você usou a palavra *multifacetado* em uma frase.

— Não é a primeira vez — diz Heather.

Caleb olha para ela.

— Ela deve ser a primeira pessoa nesta lanchonete a usá-la.

— Vocês dois são ridículos — digo. — Heather, diz para ele que você já usou a palavra *vasculhar* em uma frase. São só três sílabas.

— Claro que eu... — Ela para e olha para Caleb. — Não, na verdade, provavelmente nunca usei.

Caleb e Heather se cumprimentam com um soquinho no ar. Estendo a mão e pego o chapéu bobo da cabeça de Caleb.

— Então você deveria usar palavras mais interessantes, senhor. E comprar um pente.

Ele estende a mão.

— Meu chapéu, por favor? Ou, na próxima vez que eu comprar uma árvore, vou pagar por tudo em notas de um dólar, cada uma virada em uma direção diferente.

— Tudo bem — digo, ainda segurando o chapéu.

Caleb se levanta com a mão estendida para o chapéu, e eu acabo devolvendo. Ele apoia aquele negócio completamente sem graça na cabeça.

— Se você realmente for comprar uma árvore, não espere nenhum desenho — digo —, mas eu trabalho hoje do meio-dia às oito.

Heather me encara, um meio sorriso aparecendo no rosto. Quando Caleb se afasta para verificar os outros clientes, ela diz:

— Você basicamente acabou de pedir para ele ir lá.

— Eu sei — digo, levantando a caneca. — Isso foi um flerte óbvio.

Chego ao trabalho uma hora antes do que minha mãe achava que eu seria necessária, o que é bom. O lote está abarrotado, e um caminhão cheio de árvores chegou da fazenda mais cedo para o reabastecimento. Com minhas luvas de trabalho, subo a escada na parte traseira do caminhão. Piso com cuidado na camada superior de árvores, todas presas por redes e colocadas de lado, uma em cima da outra, as agulhas molhadas roçando no fundilho da minha calça. Deve ter chovido durante uma boa parte da viagem, dando às árvores um cheiro parecido com o de casa.

Mais dois funcionários se juntam a mim, movendo os pés o mínimo possível para evitar que os galhos se quebrem. Entrelaço os dedos na rede de uma árvore, dobro os joelhos e a deslizo por sobre a borda do caminhão para que outro funcionário possa agarrá-la e levá-la para uma pilha crescente atrás da Tenda.

Andrew pega a próxima árvore que baixo e, em vez de levá-la para a Tenda, ele a passa para outra pessoa.

— Pode deixar com a gente! — grita ele para mim, batendo palmas duas vezes.

Quase digo a ele que não estamos em uma corrida, mas meu pai coloca a mão no ombro de Andrew.

— Os banheiros externos precisam ser reabastecidos agora mesmo — diz ele. — E me avise se achar que eles precisam de uma limpeza mais profunda. Essa decisão é sua.

Quando meus músculos começam a cansar, paro por um instante para esticar as costas e recuperar o fôlego. Mesmo exausta, é fácil manter um sorriso no lote. Olho para os clientes andando por entre nossas árvores, a alegria evidente no rosto, dá pra notar mesmo daqui de cima.

Estive cercada por essa vista a vida inteira. Agora, percebo que as únicas pessoas que vejo são as que *vão* ter uma árvore para o Natal. As pessoas que não vejo são as famílias que não podem pagar por uma árvore, mesmo que queiram uma. É para essas pessoas que Caleb leva as nossas árvores.

Coloco as mãos nos quadris e giro para os dois lados. Além do nosso lote — além da última casa da cidade —, o Cardinals Peak se ergue no céu azul-claro e sem nuvens. Perto do topo daquela colina, ficam as minhas árvores, indistinguíveis daqui.

Meu pai sobe a escada para me ajudar a deslizar mais árvores para os funcionários. Depois de descer algumas, ele me olha com as mãos nos joelhos.

— Eu exagerei na reação ao Andrew? — pergunta ele.

— Não se preocupe — digo —, ele sabe que não estou interessada.

Meu pai baixa outra árvore, um sorriso satisfeito no rosto. Olho para os funcionários no lote.

— Acho que todos aqui sabem que sou inacessível.

Ele se levanta e limpa as mãos molhadas na calça jeans.

— Querida, não acho que colocamos muitas restrições em relação a você. Você acha?

— Não em casa. — Desço outra árvore. — Mas aqui? Acho que você não ficaria muito confortável se eu saísse com alguém.

Ele segura outra árvore, mas para e me olha e não a desce.

— É porque eu sei como pode ser fácil se apaixonar por alguém em um período muito curto. Confie em mim, ir embora desse jeito não é fácil.

Baixo mais duas árvores e percebo que ele ainda está me olhando.

— Tudo bem — digo. — Eu entendo.

Com as árvores finalmente descarregadas, meu pai tira as luvas e as guarda no bolso traseiro. Ele vai até o trailer para um cochilo rápido, e eu ando em direção à Tenda para ajudar a atender os clientes. Puxo os cabelos para prendê-lo em um coque, quando vejo, de pé ao lado do balcão, Caleb usando suas roupas comuns.

Deixo o cabelo cair nos ombros e solto alguns fios na frente. Passo por ele enquanto sigo para o balcão.

— De volta, iluminando o Natal de outra pessoa?

Ele sorri.

— É isso o que eu faço.

Aceno com a cabeça para ele me seguir até a estação de bebidas. Ao lado da minha caneca de Páscoa, coloco um copo de papel para ele e abro um sachê de chocolate quente.

— Então, me diga, o que te deu a ideia de começar a fazer isso com as árvores?

— É uma longa história — diz ele, e o sorriso hesita um pouco. — Se quiser a versão simples, o Natal sempre foi importante na minha família.

Sei que a irmã não mora mais com ele; talvez isso seja a parte longa da história.

Entrego o copo de chocolate quente com uma bengala doce para misturar. A covinha reaparece quando ele vê minha caneca de Páscoa, e nós dois tomamos um gole do chocolate enquanto nos olhamos.

— Meus pais deixavam minha irmã e eu comprarmos qualquer árvore que desejássemos — diz ele. — Eles convidavam amigos, e todos nós decorávamos a casa. Preparávamos uma panela de chilli e, depois, cantávamos músicas natalinas. Parece bem brega, não é?

Aponto para as árvores flocadas ao redor.

— Minha família *sobrevive* de tradições bregas de Natal. Mas isso não explica por que você as compra para outras pessoas.

Ele toma outro gole.

— Minha igreja faz um grande "passeio de necessidades" durante as festas natalinas — diz ele. — Coletamos coisas como casacos e escovas de dentes para famílias que precisam delas. É ótimo. Mas às vezes é bom dar às pessoas o que elas querem, em vez de apenas o necessário.

— Entendo — digo.

Ele sopra o vapor da superfície da bebida.

— Minha família não faz festas natalinas como costumávamos fazer. Armamos uma árvore, mas basicamente só isso.

Quero perguntar o porquê, mas tenho certeza de que isso também faz parte da versão complicada.

— Para encurtar, aceitei o emprego no Breakfast Express e percebi que poderia gastar as gorjetas com famílias que queriam uma árvore de Natal, mas não podiam pagar. — Ele agita a bengala de hortelã. — Acho que, se eu ganhasse mais gorjetas, você iria me ver ainda mais.

Capturo um pequeno marshmallow na bebida e o tiro dos lábios com uma lambida.

— Talvez você devesse colocar um pote de gorjetas separado — digo. — Desenhe uma pequena árvore nele e faça um bilhete dizendo para onde vai o dinheiro.

— Já pensei nisso — diz ele. — Mas eu gosto de usar o meu dinheiro. Eu me sentiria mal se essa gorjeta extra de alguma forma tirasse de uma instituição de caridade que dá às pessoas o que elas realmente precisam.

Eu coloco minha caneca sobre o balcão e aponto para o cabelo dele.

— Falando em coisas que as pessoas precisam, não saia daí. — Corro para trás do balcão para pegar uma pequena sacola de papel. Estendo-a para Caleb, e suas sobrancelhas se erguem.

Ele pega a sacola, olha para dentro e ri muito alto quando tira o pente roxo que comprei para ele na farmácia.

— Está na hora de começar a cuidar desses defeitos — digo.

Ele guarda o pente no bolso traseiro e me agradece. Antes que eu possa explicar que o pente deve passar pelos cabelos dele, a família Richardson entra na Tenda.

— Eu estava pensando quando vocês iam aparecer! — Dou abraços no sr. e na sra. Richardson. — Vocês normalmente compram árvores no dia seguinte ao Dia de Ação de Graças, não é?

Os Richardsons são uma família de oito pessoas que compram suas árvores conosco desde quando tinham apenas dois filhos. Todo ano eles nos trazem uma lata de biscoitos caseiros e conversam comigo enquanto os filhos discutem qual é a árvore mais perfeita. Hoje, os filhos todos me cumprimentam e depois saem correndo para começar a procurar.

— Houve um problema com o carro no caminho para o Novo México — diz o sr. Richardson. — Passamos o Dia de Ação de Graças em um quarto de motel esperando uma correia chegar.

— Graças a Deus tinha uma piscina lá, senão as crianças teriam matado umas às outras. — A sra. Richardson me entrega a lata de biscoito deste ano, coberta de flocos de neve azuis. — Testamos uma nova receita este ano. Encontramos on-line, e todos juram que os biscoitos estão deliciosos.

Tiro a tampa e escolho um biscoito de boneco de neve um pouco deformado com uma tonelada de cobertura e confeitos. Caleb está se aproximando, então ofereço a lata e ele pega uma rena mutante dentuça.

— As crianças mais novas ajudaram, este ano — diz o sr. Richardson —, você deve ter notado.

Solto um gemido na primeira mordida.

— Caramba, hmmm... Estão deliciosos!

— Aproveite — diz a sra. Richardson —, porque no próximo ano vou voltar para a versão Pillsbury.

Caleb pega uma migalha que cai dos seus lábios.

— Estão incríveis.

— Uma senhora no trabalho diz que devemos tentar fazer chocolate com cobertura de menta — diz o sr. Richardson. — Segundo ela, nem as crianças conseguem estragar. — Ele tenta colocar a mão na minha lata para pegar um biscoito, mas a sra. Richardson agarra seu cotovelo e o puxa para trás.

Caleb pega outro biscoito, e eu lanço um olhar para ele.

— Ei! Você já ultrapassou sua cota. — Sei que ele ia adorar me provocar por eu ter falado *cota*, e é divertido vê-lo se controlar, mas ele prefere comer o biscoito.

— Podem comer o quanto quiserem — diz a sra. Richardson. — Posso dar a receita para você e seu namorado e...

O sr. Richardson encosta no braço da esposa ao ouvir a palavra *namorado*. Sorrio para ele saber que está tudo bem. Além disso, um dos seus filhos agora está gritando lá fora.

A sra. Richardson suspira.

— Foi adorável te ver novamente, Sierra.

O sr. Richardson acena com a cabeça para nós dois antes de sair. Lá fora, ele grita:

— O Papai Noel está te vendo, Nathan!

Caleb rouba outro biscoito e enfia na boca.

Aponto para ele.

— O Papai Noel está te vendo, Caleb.

Ele estende as mãos com inocência e caminha até a estação de bebidas para pegar um guardanapo e passá-lo na boca.

— Você devia ir comigo hoje à noite na entrega de árvore — diz ele.

Quase engasgo com o biscoito ao engolir.

Ele joga o guardanapo amassado na lixeira de plástico verde.

— Você não precisa, se...

— Eu adoraria — digo. — Mas trabalho hoje à noite.

Ele me olha nos olhos, com a expressão superficial.

— Não precisa inventar desculpas, Sierra. Pode ser sincera comigo.

Dou um passo em direção a ele.

— Trabalho até às oito. Eu te falei isso, lembra? — Ele está sempre tão na defensiva?

Ele morde o lábio superior e olha lá para fora.

— Eu sei que há coisas sobre as quais precisamos conversar — diz ele —, mas ainda não, está bem? Apenas, se puder, não acredite em tudo o que você ouve.

— Eu *vou* com você outro dia, Caleb. Está bem? Muito em breve. — Espero seus olhos me encararem. — A menos que *você* não queira.

Ele pega outro guardanapo para limpar as mãos.

— Eu quero. Acho que você vai gostar muito.

— Que bom — digo —, porque significa muito você querer que eu vá.

Ele abafa um sorriso, mas a covinha o entrega.

— Você plantou as árvores. Merece ver o que elas fazem por essas famílias.

Aceno minha bengala doce em direção às árvores.

— Eu vejo isso todos os dias.

— É diferente — diz ele.

Mexo a bebida com a bengala doce e analiso as espirais que ela forma. Parece que vai ser algo mais do que duas pessoas simplesmente andando juntas. Parece que ele está me chamando para sair. Se ele fizesse isso, sem ter nada a ver com árvores, uma parte minha adoraria dizer sim. Mas o quanto eu realmente sei sobre ele? E ele sabe ainda menos sobre mim.

Ele pega o pente e o acena diante de si.

— Isso não vai ser usado até você me dizer uma data exata.

— Ah, agora você está pegando pesado — digo. — Deixa eu pensar. Este fim de semana vai ser muito agitado por aqui, então vou estar exausta depois do trabalho. Podemos ir na segunda-feira, quando você sair da escola?

Ele olha para cima, como se estivesse verificando mentalmente a agenda.

— Eu não trabalho nesse dia. Está combinado! Venho te buscar depois do jantar.

Caleb e eu saímos juntos da Tenda, e eu decido mostrar a ele algumas das minhas árvores preferidas no lote. Não importa quanto dinheiro de gorjeta ele quer gastar hoje, vou garantir que ele consiga a melhor. Começo a caminhar em direção a um abeto balsâmico no qual estou de olho, mas ele começa a ir para o estacionamento.

Paro.

— Aonde você vai?

Ele vira para mim.

— Não tenho dinheiro para uma árvore agora — diz ele. Seu sorriso é cordial, mas travesso. — Já consegui o que vim buscar.

As coisas se acalmam na noite de domingo, por isso, vou para o trailer para conversar com Rachel e Elizabeth. Pego o notebook e abro as cortinas perto da mesa, caso eu seja necessária lá fora. Quando o rosto das minhas amigas aparece na tela, meu coração sofre por estar tão longe. Mas em poucos minutos estou rindo enquanto Rachel descreve como seu professor de espanhol tentou fazer empanadas com a turma.

— Ficaram parecendo discos de hóquei queimados — diz ela. — Não estou mentindo! Depois da aula, nós literalmente jogamos hóquei nos corredores.

— Estou com tanta saudade de vocês — digo. Estendo a mão para tocar nos rostos na tela, e elas fazem o mesmo.

— Como estão as coisas? — pergunta Elizabeth. — Sem querer pressionar, mas tem alguma notícia sobre o próximo ano?

— Bem, eu toquei no assunto — digo. — Meus pais realmente querem que os negócios funcionem por aqui, mas até agora não sei se as coisas estão indo por esse caminho. Tenho certeza de que isso deixa vocês um pouco felizes, mas...

— Não — diz Elizabeth. — Não importa o que aconteça, vai ser bom e ruim ao mesmo tempo.

— Nós nunca íamos desejar que o lote de árvores acabe — diz Rachel —, mas é claro que adoraríamos que você estivesse aqui conosco.

Olho pela janela. Só consigo ver três clientes andando por entre as árvores.

— Não parece que estamos tão ocupados quanto no ano passado — digo a elas. — Meus pais analisam as vendas toda noite, mas tenho muito medo de perguntar.

— Então, não pergunte — diz Elizabeth. — O que for para acontecer vai acontecer.

Ela está certa, mas toda vez que saio para fazer o dever de casa ou até para um intervalo, me pergunto se eu poderia fazer mais. Perder este lugar seria muito difícil, especialmente para meu pai.

Rachel se aproxima.

— Okay, é minha vez. Você não vai acreditar no ridículo que estou enfrentando no baile formal de inverno. Estou trabalhando com um monte de amadores! — Ela começa a contar uma história sobre mandar dois calouros a uma loja de artesanato para comprar material para fazer flocos de neve. Eles voltaram com purpurina.

— Só isso? — pergunto.

— Purpurina! Eles não perceberam que íamos precisar de alguma coisa onde *colocar* a purpurina? Não vamos jogá-la para cima!

Imagino estar em um baile formal assim: colegas de turma usando vestidos e smokings jogando punhados de purpurina para o alto enquanto dançam. A purpurina cai em cascata, iluminada pelas luzes giratórias. Rachel e Elizabeth riem e giram com os braços estendidos. E eu vejo Caleb, com a cabeça inclinada para trás e os olhos fechados, sorrindo.

— Então... Conheci alguém — digo. — Mais ou menos.

Há uma pausa que parece eterna.

— Tipo, um garoto? — pergunta Rachel.

— Neste momento, somos apenas amigos — digo. — Acho.

— Olha só você ficando vermelha! — diz Elizabeth.

Escondo o rosto nas mãos.

— Não sei. Talvez não seja nada. Sabe, ele é...

Rachel interrompe.

— Não! Não-não-não-não-não. Você não tem permissão para ser exigente com o que há de errado nele. Não quando está no modo "paixonite" total.

— Não estou sendo exigente desta vez. Não estou! Ele é um cara superfofo que dá árvores de Natal para pessoas que não podem pagar por elas.

Rachel se inclina para trás e cruza os braços.

— Mas...

— É aí que ela fica exigente — diz Elizabeth.

Olho de Rachel para Elizabeth, ambas em caixinhas na minha tela.

As duas esperando que eu lhes diga a desvantagem.

— Mas... Esse cara superfofo pode ter perseguido a irmã com uma faca.

A boca das duas se abre.

— Ou talvez simplesmente tenha puxado a faca para ela — digo. — Não sei. Não perguntei a ele.

Rachel leva o punho à cabeça e depois abre os dedos, como se o cérebro dela fizesse *cabum*.

— Uma faca, Sierra?

— Pode ser só um boato — digo.

— Esse é um boato muito sério — diz Elizabeth. — O que Heather acha?

— Foi ela que me contou.

Rachel se aproxima da tela outra vez.

— Você é a pessoa mais exigente que conheci quando se trata de caras. Por que isso está acontecendo?

— Ele sabe que eu fiquei sabendo alguma coisa — digo —, mas ele se fecha sempre que o assunto vem à tona.

— Você precisa perguntar para ele — diz Elizabeth.

Rachel aponta um dedo para mim.

— Mas faça isso em um lugar público.

Elas estão certas. Claro que elas estão certas. Preciso saber mais antes de me aproximar muito dele.

— E antes de beijar o cara — acrescenta Rachel.

Dou uma risada.

— Precisamos ficar sozinhos para que isso aconteça.

Sinto meus olhos se arregalarem, me lembrando que vamos ficar sozinhos amanhã. Em algum momento depois que Caleb sair da escola, ele vai me levar para entregar uma árvore.

— Pergunta para ele — diz Rachel. — Se for um mal-entendido, vai ser uma boa história para contar quando você voltar.

— Não vou me apaixonar por um cara para vocês terem algo para contar aos amigos do teatro — digo.

— Confie nos seus instintos — diz Elizabeth. — Talvez Heather tenha ouvido o boato errado. Ele não estaria em algum tipo de instituição se tivesse esfaqueado a irmã?

— Eu não disse que ele a esfaqueou. Não sei o que aconteceu exatamente.

— Viu? — diz Elizabeth. — Eu já baguncei o boato.

— Vou ter uma chance de perguntar amanhã — digo. — Vamos entregar uma árvore de Natal juntos.

Rachel se inclina para trás.

— Você tem uma vida estranha, garota.

※

Apesar de minha mãe e meu pai ainda estarem dentro do trailer terminando um jantar atrasado, sinto seus olhos observarem Caleb e eu andando até a caminhonete. Com seus olhos em nós, e a mão de Caleb a um dedo de distância da minha, parece uma das caminhadas mais longas da minha vida.

Subo no banco do passageiro da caminhonete, e ele fecha a minha porta. Atrás de mim, na caçamba da caminhonete, mais uma árvore de Natal. É um abeto nobre com grande desconto — me desculpe, pai —, e estamos prestes a dirigir até o local onde a árvore é desejada. Em todo o tempo que passei neste lote, temporada após temporada, nunca segui uma árvore desde o momento em que saiu da nossa posse até seu lar definitivo.

— Eu estava contando às minhas amigas sobre a sua distribuição de árvores — digo. — Elas acham que é muito fofo.

Ele ri enquanto dá partida na caminhonete.

— *Distribuição* de árvores, é? Eu sempre pensei que as entregava.

— Significa a mesma coisa! Você ainda está pegando no meu pé por causa da minha escolha de palavras? — Não menciono que eu meio que gosto disso.

— Talvez eu pegue alguns dos seus truques de vocabulário antes de você voltar para casa.

Estendo a mão e cutuco seu ombro.

— Seria muita sorte para você.

Ele sorri para mim e coloca a caminhonete em marcha.

— Acho que vai depender de quantas vezes vou te ver.

Olho para ele e, à medida que as palavras são registradas, um calor me percorre.

Quando chegamos à estrada principal, ele pergunta:

— Alguma ideia de qual será a frequência disso?

Eu queria poder dar uma resposta, mas, antes de fazer projeções sobre nosso tempo juntos, existem coisas que preciso saber. Eu só queria que ele tocasse no assunto, como disse que faria.

— Depende — respondo. — Quantas árvores você acha que vai doar este ano?

Ele olha pela janela para a pista ao lado, mas seu sorriso se reflete no espelho lateral.

— Estamos no período do Natal, então minhas gorjetas são decentes, mas devo dizer que mesmo as árvores com desconto são caras. Sem ofensa.

— Bem, não posso dar mais descontos do que tenho dado, então talvez você precise exagerar seu charme no trabalho.

Entramos na estrada em direção ao norte. A pirâmide irregular do Cardinals Peak forma uma silhueta contra o céu que está escurecendo.

Aponto para o topo da colina.

— Aposto que você não sabia que eu tenho seis árvores de Natal crescendo lá em cima.

Ele me olha brevemente e depois olha pela janela para a colina escura e gigantesca.

— Você tem uma fazenda de árvores de Natal no Cardinals Peak?

— Não exatamente uma fazenda — digo —, mas tenho plantado uma por ano.

— Sério? Como você começou uma coisa dessas? — pergunta ele.

— Na verdade, começou quando eu tinha cinco anos.

Ele liga a seta, olha por sobre o ombro e passa para a pista ao lado.

— Não me esconda nada — diz ele. — Quero a história completa. — Faróis de carros passam e iluminam seu sorriso curioso.

— Está bem, então. — Seguro o cinto de segurança sobre o meu peito. — Lá em casa, quando eu tinha cinco anos, plantei uma árvore com minha mãe. Antes disso, eu tinha plantado dezenas de árvores, mas essa ficou separada. Colocamos uma cerca ao redor dela e tudo. Seis anos depois, quando eu tinha onze, nós a cortamos e demos para a maternidade do nosso hospital.

— Que beleza — diz ele.

— Não é nada parecido com o que você faz, sr. Caridoso — digo. — Dar uma árvore a eles era algo que meus pais faziam todo Natal como agradecimento depois que eu nasci. Aparentemente, demorou para eu concordar em vir para este mundo.

— Minha mãe diz que minha irmã também foi exigente para nascer — diz Caleb.

Dou uma risada.

— Minhas amigas adorariam saber que você me descreveu dessa maneira.

Ele olha para mim, mas de jeito nenhum eu vou explicar essa.

— De qualquer forma, naquele ano, decidimos que eu mesma plantaria uma árvore para eles. Na época, eu adorei a ideia. Avance seis anos, e eu tinha cuidado tão bem daquela árvore durante toda a vida dela, durante quase toda a *minha* vida, que, quando a cortamos, eu chorei muito. Minha mãe diz que me ajoelhei na frente do toco e chorei durante uma hora.

— Ahhh! — diz Caleb.

— Se você gosta de coisas sentimentais, espera até eu contar que a árvore também chorou. Mais ou menos — digo. — Quando uma árvore cresce, ela suga água através das raízes, certo? Quando é cortada, às vezes as raízes continuam empurrando água para o toco em pequenas gotículas de seiva.

— Como lágrimas? — pergunta ele. — Isso é de cortar o coração!

— Eu sei!

Faróis que refletem na cabine revelam um sorriso presunçoso no seu rosto.

— Mas você tem que admitir que também é meio brega.

Reviro os olhos.

— Eu já ouvi todas as piadas que você pode imaginar, mocinho.

Ele sinaliza mais uma vez e passamos para a próxima rampa de saída. É uma curva fechada, e eu me agarro à porta.

— É por isso que cortamos dois centímetros do fundo das árvores antes de deixarmos as pessoas as levarem do lote — digo. — Ela recomeça com um corte liso que vai continuar puxando água. Ela não consegue beber quando está selada com seiva.

— Isso realmente...? — Ele se interrompe. — Ah, eu sei, é uma coisa inteligente a se fazer.

— Então — digo. — Depois que levamos a minha árvore para o hospital, meu pai me deu uma fatia de dois centímetros de espessura que ele tinha cortado da base. Eu a levei para o meu quarto e pintei uma árvore de Natal de um lado, e ela ainda está em cima da minha cômoda em casa.

— Adorei isso — diz Caleb. — Não sei se alguma vez guardei uma coisa tão simbólica. Mas como isso leva à sua pequena fazenda na montanha?

— No dia seguinte, estávamos nos preparando para dirigir até aqui — digo. — Na verdade, já tínhamos nos afastado de casa, e eu comecei a chorar de novo. Percebi que eu devia ter plantado uma árvore para substituir a que cortamos. Mas tínhamos que continuar, então fiz minha mãe parar na nossa estufa e peguei uma árvore bebê em um vaso e a prendi no banco de trás com o cinto de segurança.

— E depois a plantou aqui — diz ele.

— Depois disso, eu trouxe uma árvore comigo em todas as temporadas. Meu plano sempre foi cortar a primeira no próximo ano e dá-la para a família de Heather. Eles sempre ganham uma de nós, mas essa será especial — digo.

— É uma ótima história — diz ele.

— Obrigada. — Olho pela janela enquanto passamos por alguns quarteirões com hotéis de dois andares. Fecho os olhos, me perguntando se eu deveria dizer isso. — Mas e se...? Não sei... E se você desse essa árvore para alguém que precisa dela?

Dirigimos mais um quarteirão em silêncio. Olho para ele esperando ver um sorriso sincero em seu rosto. Acabei de oferecer a primeira árvore que plantei na Califórnia para ele doar. Em vez disso, ele encara a estrada, perdido em pensamentos.

— Achei que você iria gostar disso — digo.

Ele pisca e olha para mim. Um sorriso cauteloso passa pelos seus lábios.

— Obrigado.

Sério?, quero dizer. *Porque você não me parece muito feliz com isso.*

Ele abre a janela, e o vento brinca com os seus cabelos.

— Me desculpa — diz ele. — Eu estava imaginando a sua árvore na casa de um desconhecido. Você já tinha planos para ela. Eram bons planos. Não mude por minha causa.

— Bem, talvez seja isso que eu queira.

Caleb para a caminhonete no estacionamento de um condomínio de prédios de quatro andares. Ele encontra uma vaga perto do prédio, manobra e estaciona.

— Que tal o seguinte: vou ficar de olho o ano todo para encontrar a família perfeita. Quando você voltar, podemos levá-la juntos à casa deles.

Tento disfarçar qualquer incerteza sobre o próximo ano.

— E se eu não quiser andar com você no ano que vem?

Seu rosto se fecha, e eu imediatamente me arrependo. Eu esperava uma resposta sarcástica, mas, em vez disso, busco um jeito de consertar as coisas.

— Quero dizer, e se você não tiver nenhum dente no ano que vem? Você tem um vício em bengalas doces e chocolate quente...

Ele sorri e abre a porta.

— Vou te falar uma coisa: vou escovar meus dentes ainda melhor durante o ano todo. — O peso se afasta.

Saio da caminhonete sorrindo e ando em direção à traseira.

A maioria das janelas dos apartamentos está escura, mas algumas têm luzes de Natal ao redor. Caleb me encontra na tampa traseira, que ele abaixa, escondendo o adesivo da Sagebrush Junior High. Ele começa a puxar a árvore pelo tronco, e eu alcanço os galhos para ajudar.

— Agora que estou melhorando sua higiene e seu vocabulário — digo —, existe mais alguma coisa com a qual você precisa de ajuda?

Ele me dá um sorriso com covinha e acena com a cabeça em direção ao prédio.

— Simplesmente comece a andar. Você teria que liberar toda a sua agenda para me ajudar.

Vou na frente, e nós carregamos a árvore em direção à entrada do prédio. Fecho os olhos e dou uma risada, sem acreditar no que eu quase deixei escapar. Olho para trás por sobre o ombro e, de alguma forma, consigo não dizer: "Considere-a liberada".

Dez

O elevador é quase pequeno demais para apoiar a árvore em pé. Caleb aperta o botão do terceiro andar e logo estamos subindo. Quando a porta se abre de novo, saio me espremendo, Caleb inclina a árvore para fora e eu a agarro. Nós a carregamos até o fim do corredor, onde ele bate na última porta com o joelho. Um anjo cortado de papelão, provavelmente por uma criança pequena, está preso com percevejo sobre o olho-mágico. O anjo segura uma faixa que diz *Feliz Navidad*. Uma mulher corpulenta de cabelos grisalhos usando um vestido com estampa floral abre a porta. Ela dá um passo para trás, surpresa e feliz.

— Caleb!

Ainda segurando o tronco da árvore, ele diz:

— Feliz Natal, sra. Trujillo.

— Luis não me disse que você vinha. E com uma árvore!

— Ele queria que fosse surpresa — diz Caleb. — Sra. Trujillo, gostaria de apresentar minha amiga Sierra.

A sra. Trujillo parece preparada para me envolver em um abraço, mas vê que minhas mãos estão bem ocupadas.

— Muito prazer em conhecê-la — diz ela. Enquanto arrastamos a árvore para dentro, eu a vejo piscar para Caleb enquanto acena com a cabeça para mim, mas finjo não perceber.

— O banco de alimentos me disse que vocês adorariam uma árvore — diz Caleb —, então estou feliz por poder trazê-la.

A mulher fica vermelha e dá vários tapinhas no braço dele.

— Ah, que menino adorável. Que coração enorme! — Ela arrasta os chinelos pela combinação de sala de estar e sala de jantar. Ela se abaixa, a barriga esticando a estampa floral do vestido, e puxa um suporte de árvore que está embaixo do sofá. — Ainda nem armamos a árvore falsa, porque Luis está muito ocupado com a escola. E agora você me trouxe uma árvore de verdade!

Caleb e eu seguramos a árvore entre nós enquanto ela chuta revistas para longe e coloca o suporte no canto. Nós a ouvimos falar sem parar sobre o quanto adora o cheiro. Ela olha para Caleb, leva a mão ao coração e depois bate palmas.

— Obrigada, Caleb. Obrigada, obrigada, obrigada.

Uma voz chama do outro lado da sala:

— Acho que ele te ouviu, mãe.

Caleb olha para um cara mais ou menos da nossa idade, que deve ser Luis, saindo de um corredor estreito.

— Ei, cara.

— Luis! Olha o que Caleb trouxe para nós.

Luis olha para a árvore com um sorriso desconfortável.

— Obrigado por trazê-la.

A sra. Trujillo toca no meu braço.

— Você frequenta a mesma escola dos meninos?

— Na verdade, eu moro no Oregon — digo.

— Os pais dela têm um lote de árvores aqui na cidade — diz Caleb. — Foi de lá que veio essa.

— É mesmo? — Ela olha para mim. — Você está ensinando Caleb a ser seu garoto de entrega?

Luis ri, mas a sra. Trujillo parece confusa.

— Não — responde Caleb. Ele olha para mim. — Na verdade, não. Nós...

Eu o encaro também.

— Continua. — Eu adoraria ouvi-lo explicar o que somos.

Ele dá um sorriso presunçoso.

— Nos tornamos bons amigos nos últimos dias.

A sra. Trujillo levanta as duas mãos.

— Eu entendo. Faço perguntas demais. Caleb, você pode levar um pouco de *turrón* para sua mãe e para o seu pai por mim?

— Claro! — responde Caleb. Ele a olha como se ela tivesse oferecido um copo de água no meio do deserto. — Sierra, você tem que experimentar esse negócio.

A sra. Trujillo bate palmas.

— Sim! Você precisa levar pouco para sua família também. Eu fiz muito. Luis e eu vamos levar um pouco para os vizinhos mais tarde.

Ela ordena a Luis que traga alguns guardanapos e nos entrega um pedaço do que parece ser pé de moleque, mas com amêndoas. Quebro um pedaço e coloco na boca — que delícia! Caleb já devorou metade do pedaço dele.

A sra. Trujillo fica radiante. Ela coloca mais alguns pedaços em saquinhos de sanduíche para levarmos para casa. Caminhando até a porta da frente, nós dois agradecemos mais uma vez pelo *turrón*. Ela abraça Caleb por muito tempo depois que ele abre a porta, expressando de novo sua gratidão pela árvore.

Esperando a porta do elevador abrir, com sacolinhas de *turrón* na mão, pergunto:

— Então, Luis é seu amigo?

— Eu esperava que a situação não ficasse constrangedora — diz ele, fazendo que sim com a cabeça. A porta do elevador se abre, entramos, e ele aperta o botão inferior. — O banco de alimentos mantém uma lista de itens na qual as famílias podem marcar as coisas de que precisam. Pedi para eles perguntarem a algumas famílias se eles queriam uma árvore, e é assim que eu consigo os endereços. Quando vi o deles aparecer, perguntei a Luis se não tinha problema, mas...

— Ele não pareceu muito animado — digo. — Você acha que ele ficou com vergonha?

— Ele vai superar — diz Caleb. — Ele sabia que a mãe queria uma. E eu te garanto: ela é muito legal.

A porta do elevador se abre no térreo, e Caleb faz um sinal para eu sair primeiro.

— Ela ficou tão agradecida — diz Caleb. — Ela não julga ninguém. Alguém como ela merece ter o que deseja.

De volta à caminhonete, dirigimos até a estrada e começamos a ir em direção ao lote.

— Então, por que você faz isso? — pergunto, pensando que as árvores são um jeito seguro de entrarmos em assuntos mais pessoais.

Ele dirige cerca de meio quarteirão sem responder. Finalmente, ele diz:

— É, você me contou das suas árvores na colina...

— É justo — digo a ele.

— O motivo de eu fazer isso é semelhante ao motivo de eu saber que Luis vai superar — diz ele. — Ele sabe que é sincero. Por um tempo depois que meus pais se divorciaram, estávamos no mesmo barco que os Trujillos. Minha mãe mal ganhava o suficiente para comprar lembrancinhas pra nós, muito menos uma árvore.

Adiciono isso a uma pequena, mas crescente, lista de coisas que eu sei sobre Caleb.

— Como estão as coisas agora? — pergunto.

— Melhores. Agora ela é a chefe do departamento, e voltamos a ter árvores. A primeira que eu comprei no lote era para nós. — Ele me olha por um breve instante e sorri. — Ela continua sem se exceder na decoração, mas sabe que as árvores significaram muito para nós na infância.

Penso em todas aquelas notas de um dólar da sua primeira visita.

— Mas você pagou pela árvore.

— Não toda. — Ele ri. — Só dei um jeito de termos uma maior.

Quero perguntar sobre a irmã dele. Mas o perfil do seu rosto olhando pelo para-brisa parece tão calmo. Heather está certa: o que está acontecendo aqui não precisa durar até depois do Natal. Se eu gosto de estar perto dele, por que estragar isso? Perguntar só vai fazê-lo se fechar de novo.

Ou talvez, para ser sincera, eu não queira saber a resposta.

— Estou feliz por termos feito isso hoje à noite — digo. — Obrigada.

Ele sorri e liga a seta para sair da estrada.

Caleb me disse que ia passar no lote de novo naquela semana. Quando sua caminhonete finalmente aparece, continuo na Tenda em vez de sair para cumprimentá-lo. Não preciso que ele saiba o quanto fiquei ansiosa esperando por isso. Espero que esse seja o motivo para ele não ter vindo no dia seguinte; ele estava disfarçando a mesma expectativa.

Depois de passar tempo mais do que suficiente para ele me encontrar, dou uma olhada para fora. Andrew está dizendo algo para ele, destacando alguns pontos ao apontar um dedo para o chão. Os olhos de Caleb encaram de um jeito tenso algum ponto além de Andrew, as mãos afundadas nos bolsos do casaco. Quando Andrew aponta um dedo rígido para o nosso trailer — onde meu pai está falando ao telefone com o tio Bruce —, Caleb fecha os olhos, e seus braços ficam frouxos. Andrew logo se afasta em direção às árvores, e eu meio que espero que ele empurre uma delas para longe.

Volto rapidamente para trás do balcão. Vários segundos depois, Caleb entra na Tenda. Ele não sabe que vi sua conversa com Andrew e age como se tudo estivesse normal.

— Estou indo para o trabalho — diz ele, e agora eu sei que ele consegue fingir o sorriso com covinhas. — Mas eu não podia passar por aqui sem dizer oi.

Não ficamos sozinhos por mais do que um minuto antes de meu pai colocar suas luvas de trabalho sobre o balcão e depois abrir a tampa da sua garrafa térmica. Ele vai repor o café. Sem levantar o olhar, ele pergunta:

— Você está aqui para comprar outra árvore?

— Não, senhor — diz Caleb. — Neste momento, não. Só vim dar um oi para Sierra.

Quando a garrafa térmica está cheia, meu pai vira em direção a Caleb. Segurando a garrafa térmica com força, ele aperta lentamente a tampa.

— Contanto que você seja breve. Ela tem muito trabalho para fazer aqui, e depois o trabalho escolar.

Meu pai dá um tapinha no ombro de Caleb ao passar por ele, e eu quero morrer de humilhação. Conversamos por mais alguns minutos na Tenda, depois vou com Caleb até sua caminhonete.

Ele abre a porta do lado do motorista, mas, antes de entrar, acena com a cabeça para o cartaz do desfile que pendurei quando o conheci.

— É amanhã à noite — diz ele. — Vou estar lá com alguns amigos. Você devia aparecer.

Aparecer? Quero provocá-lo por não ser corajoso o suficiente para me convidar para ir com ele.

— Vou pensar — digo.

Depois que ele se afasta, volto para a Tenda, olhando para o chão e sorrindo.

Antes de chegar ao balcão, meu pai aparece na minha frente.

— Sierra... — Ele sabe que não quero ouvir o que ele vai dizer, mas tem que dizer de qualquer maneira. — Tenho certeza que ele é um bom garoto, mas tenha cuidado ao começar alguma coisa agora. Você está ocupada, depois vamos embora e...

— Não estou começando nada — digo. — Fiz um amigo, pai. Para de ser estranho.

Ele ri e toma um gole de café.

— Por que você não pode voltar a brincar de princesa?

— Eu *nunca* brinquei de princesa.

— Você está brincando? — diz ele. — Sempre que a mãe de Heather levava vocês duas para o desfile, você usava seu vestido mais enfeitado, fingindo ser a Rainha do Inverno.

— Exatamente! — digo. — Rainha, não princesa. Você me criou para ser melhor do que isso.

Meu pai faz uma referência, como se estivesse na presença da realeza. Depois ele vai em direção ao trailer e eu volto para a Tenda. Lá dentro, apoiado no balcão, está Andrew.

Vou para trás do balcão e empurro as luvas de trabalho do meu pai para o lado.

— O que você e Caleb estavam conversando lá fora?

— Percebi que ele tem vindo muito aqui — diz Andrew.

Cruzo os braços.

— E daí?

Andrew balança a cabeça.

— Você acha que ele é um cara legal porque compra árvores para as pessoas. Mas você não o conhece.

Quero argumentar que *ele* não sabe nada sobre Caleb, mas a verdade é que ele provavelmente sabe mais do que eu. Será que sou boba por não ter enfrentado Caleb sobre o boato até agora?

— Se seu pai não quer que nenhum dos funcionários te chame para sair — diz Andrew —, de jeito nenhum ele vai aprovar Caleb.

— Para! — digo. — Isso não tem nada a ver com você.

Ele olha para baixo.

— No ano passado, eu fui burro. Deixei aquele bilhete idiota na sua janela, mas devia ter te chamado cara a cara.

— Andrew — digo baixinho —, não é meu pai nem Caleb nem mais ninguém. Não vamos fazer com que trabalhar juntos fique ainda mais desconfortável, está bem?

Ele me olha, e sua expressão fica rígida.

— Não faça isso com Caleb. Você é ridícula até por pensar que vocês podem ser amigos. Ele não é quem você pensa que é. Não seja...

— Fala! — Meus olhos se estreitam. Se ele me chamar de burra, meu pai vai demiti-lo em um segundo.

Andrew interrompe as palavras e sai abruptamente.

Onze

Na noite do desfile, vou para a cidade com Heather e Devon. A mãe de Heather faz parte do comitê do desfile e implorou para chegarmos cedo. No instante em que aparecemos na tenda azul que diz "Inscrições", ela entrega a cada um de nós um saco de faixas de participantes e uma prancheta para verificar as inscrições. A maioria dos grupos já está contabilizada, mas todo ano algumas novas organizações se enfileiram e esquecem de fazer o check-in. Ela nos diz que é nosso trabalho rastreá-las.

Devon olha para Heather.

— Sério? Temos que fazer isso?

— Temos, Devon. É uma das alegrias de ser meu namorado. Se você não gostar... — Ela aponta para as pessoas que estão passando.

Sem desanimar com o desafio nessas palavras, Devon dá um beijo na bochecha dela.

— Vale totalmente! — Quando se afasta, ele olha para mim com um sorriso sutil. Sim, ele está ciente de que a enfurece de vez em quando.

— Antes de encontrarmos alguém — diz Heather —, vamos tomar um café. Está ficando frio.

Abrimos caminho por uma tropa barulhenta de escoteiros e seguimos por um quarteirão e meio até uma cafeteria na rota do desfile. Heather manda Devon entrar e espera comigo do lado de fora.

— Você precisa contar para ele — digo. — Não está fazendo bem a nenhum dos dois prolongar isso.

Ela inclina a cabeça para trás e suspira.

— Eu sei. Mas ele precisa conseguir notas melhores neste semestre. Não quero ser a pessoa que vai distraí-lo desse objetivo.

— Heather...

— Sou a pior pessoa. Eu sei! — Ela me olha nos olhos, mas depois vê alguma coisa distante atrás de mim. — Falando em conversas que precisam acontecer, acho que aquele ali é Caleb.

Viro para trás. Do outro lado da rua, Caleb está sentado no encosto de um banco no ponto de ônibus com outros dois caras. Um deles parece Luis. Decido esperar Devon sair com os nossos cafés enquanto reúno coragem para ir até lá.

Um ônibus barulhento se aproxima do banco, e eu me preocupo de ter perdido a chance. Quando o ônibus se afasta, Caleb e seus amigos continuam sentados ali, conversando e rindo. Caleb esfrega as mãos rapidamente e depois as enfia nos bolsos do casaco. Devon sai e me oferece um dos cafés, mas balanço a cabeça.

— Vou mudar meu pedido — digo a eles. — Vocês podem verificar as pessoas sem mim? Posso me encontrar com vocês mais tarde.

— Claro — diz Heather. Devon suspira, obviamente irritado por eu ter conseguido escapar do trabalho do desfile enquanto ele tem que ficar. Antes que ele possa reclamar, Heather olha para ele e diz: — Porque sim! Esse é o motivo.

Quando saio da cafeteria, carrego uma bebida quente em cada mão. Atravesso a rua devagar, de modo que nada respingue pelas tampas. Antes de chegar até Caleb, a vários metros além deles, percebo um homem alto de uniforme branco de banda marcial saindo de um carro. Quem sai depois é uma garota ligeiramente mais velha usando uniforme de torcida com o mascote dos Bulldogs no peito.

Outro membro da banda, que carrega uma flauta, vai correndo até eles.

— Jeremiah!

Caleb desloca sua atenção dos amigos no banco para os membros da banda. Jeremiah abre o porta-malas do carro e pega um tarol com alça longa. Ele fecha o porta-malas, encaixa a alça sobre um braço e enfia duas baquetas no bolso traseiro.

Diminuo o ritmo ao me aproximar do banco.

Caleb ainda não virou para mim, concentrado nos membros da banda e na líder de torcida. O carro segue em frente, e eu vejo a mulher que está dirigindo se inclinar e olhar para Caleb. Ele dá um sorriso hesitante para ela e depois olha para baixo.

O carro se afasta, e eu ouço o flautista falar de uma garota que ele vai encontrar depois do desfile. Quando eles passam pelo banco, Jeremiah olha para Caleb. É difícil dizer com certeza, mas percebo um pouco de tristeza nos dois.

A líder de torcida se aproxima e segura o cotovelo de Jeremiah, fazendo os dois seguirem em frente. Quando o olhar de Caleb os segue, ele me vê.

— Você conseguiu — diz ele.

Ofereço uma das bebidas.

— Você parecia estar com frio.

Ele toma um gole e cobre a boca enquanto quase ri. Depois de engolir, ele diz:

— Mocaccino de hortelã. Claro.

— E não é do tipo barato — digo.

Luis e o outro cara se inclinam para a frente para ver alguma coisa na rua atrás de mim. No cruzamento, há um conversível rosa e branco estacionado. A porta traseira está sendo aberta, e uma garota do ensino médio com um vestido azul cintilante e uma faixa azul-claro recebe ajuda para sentar no banco traseiro.

— Aquela é Christy Wang? — pergunto. Quando eu frequentava o ensino fundamental aqui durante algumas semanas por ano, Christy era a única pessoa que nunca deixou eu me sentir acolhida. Eu não era uma californiana de verdade, dizia. Ela deve ter mudado sua personalidade o suficiente para ganhar o concurso de Rainha do Inverno. Ou talvez tenha mais a ver com o quanto ela fica incrível nesse vestido.

— É um belo dia para um desfile, pessoal — diz Luis com uma voz de locutor esquisita. — Simplesmente maravilhoso! E a Rainha do Inverno deste ano certamente é uma belezura. Imagino que o Papai Noel a tenha colocado no topo da sua lista de muito, *muito* boa.

O cara sentado ao lado de Luis cai na gargalhada.

Brincando, Caleb empurra os dois um em cima do outro.

— Cara, Olha o respeito. Ela é a nossa Rainha.

— O que diabos vocês estão fazendo? — pergunto.

O cara que não conheço diz:

— É o comentário do desfile. Todo ano temos uma estranha falta de cobertura da TV, por isso fazemos um favor para a cidade. A propósito, sou Brent.

Estendo a mão livre.

— Sierra.

Caleb olha para mim, envergonhado.

— É uma tradição anual.

Brent aponta um dedo para mim.

— Você é a garota das árvores de Natal. Eu definitivamente ouvi falar de você.

Caleb toma um gole e dá de ombros, fingindo inocência.

— Prazer em te ver de novo, Luis — digo.

— Igualmente — diz ele. Sua voz é baixa, talvez cheia de timidez. Ele se anima depois que um homem com um sapato desamarrado passa por perto. — Palmas para o Clube dos Criadores de Tendências, pessoal. Comece dando um laço apertado em um sapato e deixe o outro ficar solto. Se você for maneiro, ele se amarra sozinho. Este aqui? Não vai se amarrar sozinho.

— Não tropece, criador de tendências! — diz Brent. O homem olha para trás, e Brent sorri e acena para ele.

Ninguém diz nada por vários segundos enquanto todos ficam sentados e observam as pessoas passarem. Caleb toma outro gole, e eu recuo lentamente.

— Aonde você vai? — pergunta ele. — Fica.

— Tudo bem. Não quero interromper o trabalho de locutor.

Caleb olha para os amigos. Acontece uma silenciosa comunicação masculina, e ele se vira para mim.

— Não. Estamos bem.

Brent nos enxota com as mãos.

— Vão se divertir, crianças.

Caleb cumprimenta os amigos com soquinhos e depois me guia em direção à rota do desfile.

— Obrigado de novo pela bebida.

Passamos por algumas lojas abertas até tarde para a plateia do desfile. Viro para ele, esperando que uma conversa leve comece a fluir. Ele me olha e sorrimos um para o outro, mas depois olhamos para a frente de novo. Eu me sinto tão sem jeito com Caleb, tão insegura e envergonhada. Finalmente, pergunto a única coisa que está na minha mente de verdade:

— Quem era aquele cara lá atrás?

— Brent?

— O percussionista da banda.

Caleb toma um gole e damos mais alguns passos em silêncio.

— Jeremiah. Um velho amigo.

— E ele prefere marchar no desfile do que fazer comentários com vocês? — pergunto. — Chocante.

Ele sorri.

— Não, provavelmente não. Mas ele não ficaria conosco mesmo que pudesse.

Depois de hesitar muito, pergunto:

— Tem uma história aí?

A resposta é imediata.

— É uma longa história, Sierra.

É óbvio que estou bisbilhotando, mas por que eu teria uma amizade com ele se não posso fazer uma pergunta simples? A pergunta não veio do nada. Foi em relação a alguma coisa que aconteceu bem na minha frente. Se uma coisa tão pequena faz ele se fechar, não sei se quero ficar por perto. Já me afastei por muito menos que isso.

— Você pode voltar para os seus amigos, se quiser — digo.

— Preciso ajudar a Heather, de qualquer maneira.

— Prefiro ir com você — diz ele.

Paro.

— Caleb, acho que você devia ficar com os seus amigos hoje à noite.

Ele fecha os olhos e passa a mão no cabelo.

— Deixa eu tentar de novo.

Olho para ele, esperando.

— Jeremiah era meu melhor amigo. Coisas aconteceram... Acho que você já ouviu uma parte, e os pais dele não quiseram mais que ele andasse comigo. A irmã dele é meio que monitora do corredor, uma versão em miniatura da mãe, e de alguma forma consegue estar sempre por perto.

Revejo mentalmente o modo como a mãe de Jeremiah olhou para Caleb enquanto passava de carro e sua irmã o fez seguir pela calçada. Quero pedir mais detalhes, mas ele precisa *querer* me dizer. O único jeito de nos aproximarmos é se ele pedir isso.

— Se você precisar saber o que aconteceu, eu vou te contar — diz Caleb —, mas não agora.

— Em breve, então — digo.

— Mas não aqui. É um desfile de Natal! E temos mocaccinos de hortelã. — Ele olha para alguma coisa atrás de mim e sorri. — De qualquer maneira, você provavelmente não iria ouvir direito o que eu dissesse, por causa da banda.

Como se entendesse a deixa, a banda começa uma interpretação barulhenta e percussiva de "Little Drummer Boy".

Grito mais alto para ser ouvida.

— Faz sentido!

Encontramos Heather e Devon a um quarteirão de onde o desfile começa. Devon abraça a prancheta no peito, quase como uma manta de segurança, enquanto Heather o encara furiosa.

— O que aconteceu? — pergunto.

— A Rainha do Inverno pediu o telefone dele! — reclama Heather. — E eu estava bem ao lado!

Um sorriso discreto passa pelos lábios de Devon, e eu quase sorrio em resposta. Christy Wang não mudou nada. Isso também me faz pensar se toda a conversa de Heather sobre terminar era apenas... conversa. Ela tem que sentir alguma coisa por ele, mesmo que seja apenas ciúme.

Caleb e eu os seguimos até uma pequena lacuna entre as famílias sentadas no meio-fio para assistir ao desfile. Heather senta primeiro, e eu me aperto ao lado dela. Devon continua em pé, e Caleb o cumprimenta com um soquinho antes de sentar ao meu lado.

— Ela realmente pediu o telefone dele? — pergunto.

— Pediu! — sibila Heather. — E eu estava bem ao lado!

Devon se inclina para a frente.

— Mas eu não dei. Falei que eu já tinha namorada.

— *Tinha* está quase certo — diz Heather.

— Ela é uma Rainha do Inverno bem bonita — acrescenta Caleb.

Percebo a provocação na sua voz, mas dou uma cotovelada nele de qualquer maneira.

— Isso não é legal.

Ele sorri e pisca os olhos como se fosse o sr. Inocente. Antes que Heather consiga dizer mais alguma coisa ou Devon consiga cavar um buraco mais fundo para si mesmo, a banda marcial dos Bulldogs vira a esquina, puxada pelas líderes de torcida. A multidão vibra com a versão instrumental de "Jingle Bell Rock".

Vejo Jeremiah passar, batendo as baquetas. Acompanhamos com palmas, mas eu paro devagar e analiso Caleb. Depois que todo mundo virou para ver o próximo grupo no desfile, os olhos de Caleb ainda estão na banda. A percussão está distante agora, mas ele mantém o ritmo, batendo os dedos nos joelhos.

Caleb fecha a tampa traseira da sua caminhonete com outra árvore.

— Tem certeza de que você tem tempo para isso? — pergunta ele.

Na verdade, eu não tenho tempo para isso. O lote é invadido depois do desfile todos os anos, mas nós voltamos direto, e eu perguntei à minha mãe se podia fazer essa entrega com Caleb. Ela me deu trinta minutos.

— Nenhum problema — eu digo. Mais dois carros entram no nosso lote, e ele me lança um olhar cético. — Está bem, talvez não seja o momento mais conveniente... Mas eu realmente quero fazer isso.

Ele sorri com covinhas e vai até a porta dele.

— Que bom.

Paramos em uma casa pequena e escura a poucos minutos de distância e saltamos. Ele pega o meio da árvore e eu pego o tronco. Subimos alguns degraus de concreto até a porta da frente e ajustamos o peso. Ao ouvir Caleb tocando a campainha, sinto meu coração começar a disparar. Sempre gostei de vender árvores, mas surpreender as pessoas com elas é um novo nível de empolgação.

A porta se abre rapidamente. Um homem irritado olha de Caleb para a árvore. Uma mulher exausta ao lado dele lança o mesmo olhar para mim.

— O banco de alimentos disse que vocês vinham mais cedo — reclama ele. — Perdemos o desfile esperando vocês!

Caleb afasta o olhar momentaneamente.

— Sinto muito. Eu disse a eles que nós só viríamos depois do desfile.

Do outro lado da porta, vejo um cercadinho na sala de estar com um bebê de fralda dormindo dentro.

— Não foi isso que eles nos disseram. Quer dizer que eles estavam mentindo? — pergunta a mulher. Ela abre mais a porta e acena com a cabeça para a casa. — Coloca lá no suporte.

Caleb e eu carregamos a árvore para dentro, que agora parece dez vezes mais pesada, e a colocamos em um canto escuro enquanto eles nos observam. Depois de ajustar algumas vezes para deixá-la o mais reta possível, recuamos e a examinamos com o homem. Quando ele não se opõe, Caleb faz um sinal para que eu o acompanhe até a porta.

— Espero que vocês tenham um feliz Natal — diz Caleb.

— Não começou muito bem — resmunga a mulher. — Perdemos o desfile para isso.

Começo a virar para trás.

— Nós ouvimos o que você disse na...

Caleb pega a minha mão e me puxa em direção à porta.

— Mais uma vez, sentimos muito.

Eu o sigo até a porta, balançando a cabeça. Quando voltamos à caminhonete, eu abro a boca.

— Eles nem agradeceram. Nem uma vez!

Caleb dá partida no motor.

— Eles perderam o desfile. Estavam frustrados.

Eu pisco.

— Você está falando sério? Mas você comprou uma árvore para eles!

Caleb coloca a caminhonete em ré e vai para a rua.

— Não faço isso para ganhar uma estrela dourada. Eles têm um bebezinho e provavelmente estavam cansados. Perder o desfile, sendo um mal-entendido ou não, foi frustrante.

— Mas você está fazendo isso com seu próprio dinheiro, utilizando seu tempo...

Ele olha para mim e sorri.

— Quer dizer que você só faria essas coisas se as pessoas te dissessem o quanto você é incrível por isso?

Quero gritar e rir do quanto essas pessoas foram ridículas. Do quanto Caleb está sendo ridículo agora! Em vez disso, fico sem palavras, e ele sabe disso. Ele ri e depois olha por sobre o ombro para trocar de pista.

Eu gosto do Caleb. Gosto ainda mais toda vez que o vejo. E isso só pode levar ao desastre. Vou embora no fim do mês, ele vai ficar, e o fardo de tudo o que não foi dito entre nós está ficando pesado demais para carregar por muito tempo.

De volta ao lote, Caleb coloca a caminhonete na marcha de estacionar, mas deixa o motor funcionando.

— Só para você saber, estou muito ciente de como eles foram mesquinhos ao ganharem uma árvore. Mas preciso acreditar que todo mundo pode ter um dia ruim.

As luzes que cercam o lote formam sombras na caminhonete de Caleb. Ele olha para mim, suas feições meio escondidas, mas seus olhos capturam a luz e imploram para ser compreendidos.

— Concordo — digo.

É o dia mais movimentado no lote até agora. Mal tenho tempo para ir ao banheiro, muito menos almoçar. Como algumas garfadas de uma tigela de macarrão com queijo no balcão nos raros momentos entre os clientes. Monsieur Cappeau enviou um e-mail hoje de manhã me pedindo para ligar para ele no dia seguinte, *pour pratiquer,* mas isso está bem lá no fim da minha lista de coisas a fazer.

A reposição de árvores de hoje chegou mais cedo de novo, não só antes de abrirmos, mas antes de qualquer um dos funcionários chegar. Meu pai ligou para alguns dos atletas mais confiáveis para chegarem cedo, então, pelo menos havia um punhado de nós para descarregar a remessa apesar do cansaço.

Por mais que eu estivesse exausta por descarregar tantas árvores antes do café da manhã, me sinto agradecida pelas vendas adicionais. Parece que as coisas podem estar melhorando, e manter o lote aberto mais um ano talvez seja uma possibilidade.

Fico em pé ao lado da minha mãe na caixa registradora e aponto para o sr. e a sra. Ramsay lá fora. Tento fazer alguns comentários sobre o lote, como Caleb e seus amigos fizeram no desfile.

— Pessoal, parece que os Ramsays estão discutindo se devem ou não pagar a mais por este deslumbrante pinheiro branco — digo.

Minha mãe me olha como se estivesse questionando minha sanidade, mas eu continuo.

— Já vimos isso acontecer — digo —, e acho que não vou estragar a surpresa se disser que a sra. Ramsay *vai* conseguir o que quer. Ela nunca foi fã de abetos azuis, não importa o que o sr. Ramsay diga.

Minha mãe ri, fazendo um gesto para eu falar baixo.

— Parece que temos uma decisão iminente! — digo.

Agora nós duas estamos coladas à cena que se desenrola no meio das nossas árvores.

— A sra. Ramsay está balançando os braços — digo —, falando para o marido simplesmente tomar uma decisão, se quiser levar alguma coisa pra casa. O sr. Ramsay compara as agulhas das duas árvores. Qual vai ser, pessoal? Qual vai ser? E... é... o... pinheiro branco!

Minha mãe e eu jogamos as mãos para o alto e eu a cumprimento com um *high five*.

— A sra. Ramsay ganha mais uma vez — digo.

O casal entra na Tenda e minha mãe, mordendo as bochechas, se abaixa e sai. Quando o sr. Ramsay coloca a última nota de vinte dólares sobre o balcão, a sra. Ramsay e eu trocamos sorrisos sagazes. Odeio ver alguém ir embora nem que seja um pouco desanimado, então, digo ao sr. Ramsay que eles fizeram uma excelente escolha. Os pinheiros brancos têm agulhas mais firmes que algumas árvores. Eles não vão precisar aspirá-las antes de os netos chegarem.

Antes que ele possa guardar a carteira, a sra. Ramsay a tira dele e me dá uma gorjeta de dez dólares pela ajuda. Ambos saem felizes, embora ela dê um soquinho nele de brincadeira e diga que ele é muito pão-duro.

Encaro a nota de dez dólares, uma ideia nebulosa tomando forma. Eu raramente recebo gorjetas, já que a maioria das pessoas dá gorjetas aos caras que carregam as árvores.

Mando uma mensagem de texto para Heather: **Podemos fazer uns biscoitos na sua casa hoje à noite?** Nosso trailer é um ótimo lar longe de casa, mas não é construído para uma loucura culinária.

Heather responde de imediato: **Claro!**

No mesmo instante, mando uma mensagem de texto para Caleb: **Se você for fazer uma entrega amanhã, quero ir junto. Eu até vou ter alguma coisa para doar além da minha personalidade sedutora. Aposto que você nunca usou isso em uma frase!**

Alguns minutos depois, Caleb responde: **Nunca usei. E você pode, sim.**

Guardo o celular, sorrindo para mim mesma. Pelo resto da tarde e da noite, a expectativa de passar mais tempo com Caleb me mantém em pé. Mas, quando fecho o caixa no fim do dia, percebo que, desta vez, tem que ser mais do que árvores e biscoitos. Se ele me faz sentir tão feliz agora, e eu facilmente vejo as coisas ficarem mais intensas, preciso saber o que aconteceu com sua irmã. Ele admitiu que algo aconteceu, mas sabendo tudo o que eu sei sobre ele e tudo o que eu vi, não consigo imaginar que seja tão ruim quanto algumas pessoas acreditam.

Pelo menos, espero que não.

As horas se arrastam no dia seguinte. Heather e eu ficamos acordadas até tarde conversando e assando biscoitos de Natal na casa dela.

Devon passou por lá a tempo de colocar a cobertura e os confeitos e nos ajudou a provar mais ou menos uma dezena deles. Vivendo a experiência em primeira mão, agora eu concordo que suas histórias são monótonas. Mas suas habilidades em design de biscoitos *quase* compensaram isso.

Termino de mostrar a um cliente como ver o preço das nossas árvores com base nas fitas coloridas amarradas a elas. Depois que ele entende e segue em frente, eu me apoio em uma das árvores e fecho os olhos pesados por um instante. Ao abri-los, vejo a caminhonete de Caleb parar e de repente me sinto totalmente acordada.

Meu pai também percebe a caminhonete. Quando chego à Tenda, ele me encontra no caixa, com algumas agulhas de árvores grudadas no cabelo.

— Ainda está andando com esse menino? — pergunta ele. O tom é vergonhosamente óbvio.

Tiro algumas agulhas do seu ombro.

— O nome do menino é Caleb — digo —, e ele não trabalha aqui, então, você não pode assustá-lo para não falar comigo. Além disso, você tem que admitir que ele é nosso melhor cliente.

— Sierra... — Ele não termina, mas quero que ele saiba que não estou cega para a nossa situação.

— Só vamos ficar aqui mais umas semanas. Eu sei. Você não precisa me dizer.

— Só não quero que você tenha muitas esperanças — diz ele. — Nem ele, para falar a verdade. Lembre-se: nós nem sabemos se vamos voltar no próximo ano.

Engulo o nó na garganta.

— Talvez não faça sentido — digo. — E estou plenamente consciente de que não costumo ser assim, mas... Eu gosto dele.

Pelo jeito como ele se encolhe, qualquer pessoa que estivesse olhando ia pensar que eu tinha dito que estava grávida. Meu pai balança a cabeça.

— Sierra, tenha...

— Cuidado? É esse o clichê que você está procurando?

Ele desvia o olhar. A ironia velada é que ele e minha mãe se conheceram exatamente desse jeito. *Neste* lote.

Tiro outra agulha dos seus cabelos e dou um beijo na sua bochecha.

— Espero que você saiba que eu normalmente tenho.

Caleb se aproxima do balcão e coloca nele a etiqueta da sua próxima árvore.

— A família de hoje à noite vai receber uma belezura — diz ele. — Eu a notei na última vez em que estive aqui.

Meu pai sorri para ele e educadamente lhe dá um tapinha no ombro, depois se afasta sem murmurar uma palavra.

— Isso significa que você está conquistando meu pai — explico. Pego uma lata de biscoitos em forma de trenó embaixo do caixa, e Caleb ergue as sobrancelhas. — Para de salivar. Estes vão ficar no lugar para onde vamos levar a árvore.

— Espera, você fez isso para eles? — Eu juro que é como se seu sorriso iluminasse toda a Tenda.

Depois que entregamos a árvore e os biscoitos para a família de hoje à noite, Caleb pergunta se eu gostaria de provar a melhor panqueca da cidade. Eu concordo, e ele dirige até uma lanchonete vinte e quatro horas que provavelmente foi reformada pela última vez em meados da década de 1970.

Uma grande extensão de janelas iluminadas por luzes em tons de laranja emoldura uma dezena de cabines. Há apenas duas outras pessoas sentadas lá dentro, em pontas opostas da lanchonete.

— Precisamos tomar vacina antitetânica para comer aqui?

— Este é o único lugar da cidade em que você pode comer uma panqueca do tamanho da sua cabeça — diz ele. — E não me diga que você nunca sonhou com isso.

Dentro da lanchonete, um letreiro manuscrito colado com fita adesiva no caixa diz: *Escolha seu lugar.* Sigo Caleb até uma cabine na janela, caminhando sob enfeites vermelhos de Natal pendurados por fio de nylon nos azulejos do teto. Sentamos nos assentos de uma cabine cuja capa de vinil verde já viu dias melhores, mas muito provavelmente não neste século. Depois de pedirmos a panqueca "mundialmente famosa", entrelaço as mãos sobre a mesa e olho para ele. Caleb coloca o polegar no topo de um grande pote de calda ao lado dos guardanapos, abrindo e fechando a tampa.

— Não há nenhuma banda marcial — começo. — Se conversarmos, vou conseguir te ouvir muito bem.

Ele para de brincar com a calda e se recosta no assento.

— Você realmente quer ouvir isso?

Sinceramente, não sei.

Ele sabe que eu ouvi os boatos. Talvez eu não tenha ouvido a verdade. Se a verdade for melhor, ele devia estar louco para me contar.

Ele mexe na cutícula do polegar.

— Pode começar explicando por que você não usou seu novo pente — digo. A piada fracassa, mas espero que ele saiba que estou tentando.

— Usei hoje de manhã — retruca ele. E passa os dedos no cabelo. — Talvez o que você comprou esteja com defeito.

— Duvido — digo.

Ele toma um gole de água. Depois de mais alguns momentos de silêncio, ele pergunta:

— Podemos começar com você me dizendo o que ouviu?

Mordo o lábio inferior, pensando em como dizer isso.

— Palavras exatas? — pergunto. — Bem, ouvi dizer que você atacou sua irmã com uma faca.

Ele fecha os olhos. Seu corpo, de maneira quase imperceptível, balança para a frente e para trás.

— O que mais?

— Que ela não mora mais aqui. — Parece errado eu sequer perceber a faca de manteiga no guardanapo ao lado dele.

— Ela mora em Nevada — diz ele —, com o nosso pai. Ela está no primeiro ano.

Ele olha para a cozinha, talvez esperando que a garçonete interrompa nossa conversa. Ou talvez ele queira continuar sem interrupção.

— E você mora com sua mãe — digo.

— É — diz ele. — Obviamente, não foi assim que as coisas começaram.

A garçonete coloca duas canecas vazias e as enche com café. Cada um de nós pega sachês de creme e açúcar.

Ele ainda está mexendo a bebida quando continua.

— Quando meus pais se separaram, minha mãe teve muita dificuldade para aceitar. Ela perdeu muito peso e chorou muito, o que é normal, acho. Abby e eu ficamos com ela enquanto eles acertavam as coisas.

Ele toma um gole da bebida. Pego a minha e sopro o vapor.

— Abby e eu tínhamos nosso próprio advogado, o que acontece em alguns casos. — Ele toma outro gole e segura a caneca com as duas mãos, encarando-a. — Foi aí que tudo começou. Fui eu que disse que devíamos ficar com a nossa mãe. Convenci

Abby que era isso que precisávamos fazer. Falei que ela precisava de nós e que meu pai ficaria bem.

Tomo um gole do meu café enquanto ele continua encarando o dele.

— Mas ele não estava bem — diz Caleb. — Acho que eu sabia disso há algum tempo, mas esperava que ele se recuperasse. Acho que, se eu o visse todos os dias, parecendo sofrido e destruído como minha mãe, poderia ter escolhido ficar com ele.

— Por que você acha que ele não estava bem? — pergunto.

A garçonete entrega os nossos pratos. As panquecas realmente são do tamanho da nossa cabeça, mas não ajudam em nada para trazer à tona a conversa fácil que Caleb provavelmente esperava quando escolheu este lugar.

Mesmo assim, oferecem uma distração para nós dois enquanto a conversa continua. Despejo a calda sobre a minha e, com uma faca de manteiga e um garfo, começo a cortá-la pela metade.

— Antes de eles se separarem, a família toda costumava enlouquecer nesta época do ano — diz ele. — Ficávamos doidos, desde a decoração até todas as coisas que fazíamos junto com a nossa igreja. Às vezes, até o pastor Tom saía conosco para cantar músicas de Natal. Mas, quando meu pai se mudou para o estado de Nevada, descobri que tudo parou para ele. Sua casa era um lugar escuro e deprimente de visitar. Não só não havia luzes de Natal, como metade das luzes normais da casa estava queimada. Ele nem sequer abriu a maioria das caixas, mesmo depois de estar lá há meses.

Ele dá algumas garfadas na panqueca, olhando o tempo todo para o prato. Penso em dizer que ele não precisa me contar mais nada. Não importava o que tinha acontecido, gosto do Caleb que está sentado na minha frente agora.

— Depois da nossa primeira visita à casa do meu pai, Abby me perturbava o tempo todo por causa dele. Ela estava com tanta raiva de mim pelo modo como ele estava lidando com as coisas, por nos fazer escolher minha mãe. E ela não desistia disso. Dizia: "Olha só o que você fez com ele".

Quero dizer a Caleb que o pai não é responsabilidade dele, mas ele deve saber disso. Tenho certeza de que sua mãe falou isso mil vezes. Pelo menos, espero que tenha falado.

— Quantos anos você tinha? — pergunto.

— Eu estava no oitavo ano. Abby estava no sexto.

— Eu me lembro do sexto ano — digo. — Ela provavelmente estava tentando entender como tudo se encaixava nessa nova vida que todos vocês tinham.

— Mas ela me culpava por essas coisas *não estarem* se encaixando. E eu me culpava porque uma parte era verdade. Mas eu estava no oitavo ano. Como eu poderia saber o que era melhor para todo mundo?

— Talvez não existisse o melhor — digo.

Pela primeira vez em alguns minutos, Caleb levanta o olhar. Ele tenta sorrir, e apesar de mal ser perceptível, acho que agora ele acredita que eu realmente quero entender.

Ele toma um gole do café, mais se inclinando para a frente do que levantando as mãos. Nunca o vi tão frágil.

— Jeremiah era meu amigo há anos, meu melhor amigo, e sabia o quanto Abby estava pegando no meu pé por causa disso. Ele a chamava de Bruxa Má do Oeste.

— Que belo amigo — digo, cortando mais um pedaço da panqueca.

— Ele falava isso na frente dela também, o que, é claro, a deixava com mais raiva ainda. — Ele dá uma risadinha, mas, quando para, olha pela janela. Seu reflexo no vidro escuro parece frio. — Um dia, eu surtei. Não aguentava mais as acusações. Eu simplesmente surtei.

Com o garfo, levanto um pedaço de panqueca pingando de tanta calda, mas não o levo até a boca.

— O que isso significa?

Ele olha para mim. Seu corpo todo ecoa dor e sofrimento mais do que qualquer raiva restante.

— Eu não aguentava mais escutar aquilo. Não sei como descrever de outro jeito. Um dia ela gritou comigo, a mesma coisa que gritava sempre: que eu tinha destruído a vida do nosso pai, a dela e a da nossa mãe. E algum interruptor em mim... estalou. — Sua voz estremece. — Corri até a cozinha e peguei uma faca.

Meu garfo continua congelado sobre o prato, meus olhos grudados nos dele.

— Quando percebeu, ela correu para o quarto muito rápido — diz ele. — E eu corri atrás dela.

Ele segura a caneca com uma das mãos. Com a outra mão, ele dobra o guardanapo de um jeito distraído até esconder a faca de manteiga. Não consigo saber se ele está ciente de que fez isso. Se estiver, não sei se foi por minha causa ou por ele.

— Ela entrou no quarto e bateu a porta e... — Ele se recosta, fecha os olhos e apoia as mãos no colo. O guardanapo se abre. — Eu apunhalei a porta com a faca várias vezes. Eu não queria machucá-la. Eu *nunca* a machucaria. Mas eu não conseguia parar de esfaquear a porta. Eu a ouvi gritando e chorando com a nossa mãe no telefone. Finalmente, deixei cair a faca e simplesmente desabei no chão.

A frase sai como um sussurro ou talvez seja coisa da minha cabeça:

— Ai, meu Deus.

Ele levanta o olhar para mim. Seus olhos agora *imploram* para que eu entenda. — Então, você realmente fez isso — digo.

— Sierra, eu te juro que nunca aconteceu nada assim comigo antes nem depois. E eu juro que nunca a machucaria. Eu nem verifiquei se a porta estava trancada, porque não era isso que eu queria. Acho que eu só precisava mostrar o quanto tudo aquilo estava me machucando também. Eu nunca machuquei ninguém fisicamente na vida.

— Ainda não entendo o motivo — digo.

— Acho que eu queria assustá-la — diz ele. — Só. E isso a assustou. E *me* assustou. E assustou minha mãe.

Nenhum de nós fala.

Minhas mãos estão entrelaçadas com força entre os meus joelhos. Meu corpo todo fica tenso.

— Então, Abby foi morar com meu pai, e eu estou aqui vivendo com as consequências e todos os boatos.

Todo o ar escapou de mim. Não sei como conciliar o Caleb que conheci e com quem adorei sair com essa pessoa destruída na minha frente.

— Você ainda a vê? Sua irmã?

— Quando visito meu pai ou quando ela nos visita aqui. — Ele olha para o meu prato e deve perceber que não comi nada nos últimos minutos. — Durante quase dois anos, sempre que ela vinha para casa, nós íamos a um psicólogo familiar. Ela diz que entende e que me perdoou, e acho que ela é sincera. Ela é uma ótima pessoa. Você iria adorá-la.

Finalmente, dou uma garfada. Não estou mais com fome, mas também não sei o que dizer.

— Parte de mim continua esperando que ela mude de ideia e volte a morar aqui, mas eu nunca poderia pedir isso — diz ele.

— Tem que ser algo que *ela* queira. E ela gosta de Nevada. Ela agora tem uma vida lá e novos amigos. Acho que, se há um lado positivo, estou feliz por meu pai tê-la por perto.

— Nem sempre a gente precisa encontrar um lado positivo — digo —, mas fico feliz por você ter encontrado um.

— Mesmo assim, isso teve um impacto enorme na minha mãe. Por minha causa, sem nenhuma dúvida desta vez, um de seus filhos se afastou — diz ele. — Minha mãe está perdendo o crescimento da filha por anos, e isso é minha culpa. Vou viver com isso para sempre.

Pelo modo como seu maxilar trava, eu sei que ele chorou muitas vezes por causa disso. Penso em tudo o que me contou. Como tem sido difícil para a mãe e a irmã, e também para ele. Sei que isso deveria me assustar um pouco, mas de alguma forma não assusta, porque eu realmente acredito que ele não machucaria ninguém. Tudo nele me faz acreditar nisso.

— Por que seus pais se separaram? — pergunto.

Ele dá de ombros.

— Tenho certeza de que há muitas coisas que eu não sei, mas minha mãe uma vez me contou que sempre prendia a respiração perto dele, esperando ele dizer o que ela estava fazendo de errado. Quando estavam juntos, acho que ela passou muito tempo se sentindo mal consigo mesma.

— E sua irmã? — pergunto. — Seu pai a trata da mesma maneira?

— De jeito nenhum — diz Caleb e finalmente ri. — Abby retrucaria na mesma hora. Se ele fala alguma coisa em relação a como está vestida, ela reclama muito sobre dois pesos e duas medidas, e ele acaba retirando tudo o que disse e pedindo desculpas.

Agora eu dou uma risada.

— Esse é o meu tipo de garota.

A garçonete se aproxima para repor o café, e eu vejo as rugas de preocupação voltarem à testa de Caleb.

Ele olha para a garçonete.

— Obrigado.

Quando ela sai, eu pergunto:

— Como é que Jeremiah se encaixa nisso?

— Ele teve o azar de estar na minha casa quando aconteceu — responde. Ele olha pela janela de novo. — E ficou tão assustado quanto nós. Ele acabou indo para casa e contando para a família, e tudo bem. Mas foi aí que a mãe dele disse que não poderíamos mais ser amigos.

— E até hoje ela não deixa vocês se verem?

A ponta dos seus dedos mal encosta na beira da mesa.

— Eu estaria errado se a culpasse — diz ele. — Sei que eu não sou perigoso, mas ela está só protegendo o filho.

— Ela *acha* que está protegendo o filho — digo. — Tem uma diferença.

Ele afasta o olhar da janela para a mesa entre nós, com os olhos semicerrados.

— Eu a culpo por ter contado a outros pais sobre o acontecido — diz ele. — Ela me transformou em uma *coisa* a ser evitada. Você só está ouvindo essa história anos depois por causa da família dele. Eu estaria mentindo se dissesse que não dói... Muito.

— Isso nunca deveria ter chegado a mim — digo.

— E ela aumentou a história, também — diz ele. — Provavelmente para garantir que os outros pais não pensassem que a reação dela foi exagerada. É por isso que ainda sou um maníaco da faca para pessoas como Andrew.

Pela primeira vez, percebo a raiva que ele ainda sente disso.

Caleb fecha os olhos e levanta a mão.

— Preciso retirar o que eu disse. Não quero que você julgue a família do Jeremiah. Não sei com certeza se ela aumentou a história. À medida que a história se espalhou, foi sendo mudada.

Penso no aviso de Heather e em como Rachel e Elizabeth ficaram de boca aberta, sem acreditar quando contei a elas. Todo mundo reagiu tão rápido. Todos formaram uma opinião sem nunca ouvir Caleb.

— Mesmo que tenha sido ela, não importa — diz Caleb. — Ela teve um motivo para dizer o que disse. Todo mundo teve. Isso não muda o que eu fiz para provocar essa situação.

— Mesmo assim, não é justo — digo.

— Durante muito tempo, sempre que eu passava pelos corredores ou andava pelo centro da cidade e alguém que eu conheço me olhava e não dizia nada, mesmo que o olhar dessas pessoas não signifique *nada*, eu me perguntava o que elas tinham ouvido ou o que estavam pensando.

Balanço a cabeça.

— Sinto muito, Caleb.

— O mais idiota é que eu sei que Jeremiah e eu poderíamos ter continuado amigos. Ele estava lá. Ele viu tudo. Tenho certeza de que ele ficou com medo, mas me conhecia bem o suficiente para saber que eu nunca machucaria Abby — diz ele. — Só que as coisas se estenderam por muito tempo. Eu era mais novo do que ela é agora quando aconteceu.

— A mãe dele não pode estar preocupada até hoje com o filho adulto saindo com você — digo. — Sem ofensas, mas ele é um pouco mais alto que você.

Ele dá uma risada.

— Mas ela está. E a irmã também. Cassandra é quase como a sombra dele. Mesmo quando ele é simpático, ela está por perto para afastá-lo.

— E você se sente bem deixando isso continuar?

Ele olha para mim, com os olhos entorpecidos.

— As pessoas pensam o que querem. Eu tive que aceitar isso — diz ele. — Posso lutar contra, mas é cansativo. Posso me sentir magoado, mas isso é tortura. Ou posso decidir que eles é que estão perdendo.

Não importa como ele prefira pensar no assunto, está claro que isso ainda o esgota e o atormenta.

— E *são* eles que estão perdendo — digo. Estendo a mão e coloco meus dedos sobre os dele. — E tenho certeza de que você esperava palavras mais impressionantes de mim, mas você é um cara muito legal, Caleb.

Ele sorri.

— Você também é muito legal, Sierra. Poucas garotas seriam tão compreensivas.

Tento aliviar as coisas.

— De quantas garotas você precisa?

— Esse é o outro problema. — Seu sorriso se perde outra vez. — Não só eu teria que explicar a uma garota sobre o meu passado, se ela ainda não tivesse ouvido, mas teria que explicar aos pais dela. Se eles moram aqui, em algum momento vão ouvir os boatos.

— Você já teve que explicar muitas vezes?

— Não — responde ele —, porque não estive com ninguém por tempo suficiente para descobrir se a pessoa vale a pena.

Minha respiração me escapa. Será que *eu* valho a pena? É isso o que ele está admitindo?

Retiro as minhas mãos.

— É por isso que você está interessado em mim? Por que eu vou embora?

Seus ombros desabam, e ele se recosta.

— Você quer a verdade?

— Acho que esta noite é para isso.

— Sim, no início, achei que talvez pudéssemos deixar o drama de lado e simplesmente sair juntos.

— Mas eu ouvi os boatos — digo. — Você sabia disso, mas continuou aparecendo mesmo assim.

Percebo que ele está impedindo um sorriso.

— Talvez tenha sido o modo como você usou *vasculhar* em uma frase. — Ele coloca as mãos no meio da mesa, com as palmas para cima.

— Tenho certeza de que foi isso — digo. Coloco as minhas mãos nas dele. Um peso foi eliminado para nós dois hoje à noite.

— Não se esqueça — diz ele com um sorriso infantil — que você também dá bons descontos nas árvores.

— Ah, é por isso que você aparece — digo. — E se eu decidir que você precisa começar a pagar o preço total?

Ele se recosta, e eu sei que ele está pensando se deve manter as provocações.

— Acho que eu teria que começar a pagar o preço total.

Ergo uma sobrancelha para ele.

— Então, acho que sou só eu mesmo.

Ele passa os polegares nos meus dedos.

— É só você.

Treze

Depois que prendo o cinto de segurança, Caleb dá partida na caminhonete. Saímos do estacionamento da lanchonete e ele diz:

— Agora é sua vez. Eu adoraria ouvir a história de quando você perdeu completamente a cabeça.

— Eu? — digo. — Ah, eu sempre estou no controle.

Pelo modo como sorri, fico feliz porque ele sabe que estou brincando. Entramos na autoestrada em silêncio. Desvio o olhar das luzes dos carros que se aproximam e vejo a impressionante silhueta do Cardinals Peak a pouca distância da cidade. Olho de novo para ele, e seu perfil se altera da silhueta para uma expressão feliz, e depois para a de preocupação. Será que ele está se perguntando se eu me sinto diferente em relação a ele agora?

— Eu te dei muita munição — diz ele.

— Para usar contra você? — pergunto.

Quando ele não responde, fico um pouco chateada por ele achar que eu poderia fazer isso. Talvez nenhum de nós conheça o outro por tempo suficiente para ter certeza de alguma coisa.

— Eu nunca faria isso — digo. Agora cabe totalmente a ele acreditar ou não em mim.

Dirigimos mais de um quilômetro antes de ele finalmente responder com um simples "Obrigado".

— Tenho a sensação de que muitas pessoas já fizeram isso — digo.

— Foi por isso que eu parei de dizer a verdade à maioria das pessoas — explica ele. — Elas vão acreditar no que quiserem, e estou cansado de explicar. As únicas pessoas a quem devo alguma coisa são Abby e minha mãe.

— Você também não precisava me contar — digo. — Você poderia ter decidido...

— Eu sei — diz ele. — Eu quis te contar.

Dirigimos o resto do caminho de volta ao lote em silêncio, e eu espero que ele se sinta menos sobrecarregado agora. Quando sou dolorosamente sincera com alguma das minhas amigas, sempre sinto uma sensação de leveza. Isso só acontece porque eu confio nelas. E ele pode confiar em mim. Se a irmã diz que o perdoa, por que eu deveria condená-lo? Ainda mais sabendo o quanto ele está arrependido.

Paramos no estacionamento do lote de árvores. As lâmpadas de flocos de neve ao redor do perímetro estão apagadas, mas os postes ainda estão acesos por segurança. As luzes dentro do trailer estão apagadas, e todas as cortinas estão fechadas.

— Antes de você ir embora — digo —, tem mais uma coisa que eu preciso saber.

Com o motor ligado, ele se vira na minha direção.

— Quando chegar mais perto do Natal — digo —, você vai embora para visitar Abby e seu pai?

Ele baixa o olhar, mas logo um sorriso aparece. Ele sabe que estou perguntando porque não quero que ele vá.

— Este ano é da minha mãe — responde ele. — Abby vem para cá.

Não quero disfarçar meu entusiasmo totalmente, mas tento me manter um pouco calma.

— Fico feliz — digo.

Ele olha para mim.

— Vou ver meu pai nas férias de primavera.

— Será que ele vai se sentir solitário no Natal?

— Um pouco — diz ele —, tenho certeza. Mas outra coisa boa de Abby morar lá é que ela o obriga a entrar no espírito das festas natalinas. Ela vai levá-lo para comprar uma árvore no fim de semana.

— Ela é realmente animada — digo.

Caleb encara a janela da frente.

— Eu estava ansioso para fazer isso com eles no próximo ano — diz ele —, mas agora não sei. Acho que uma grande parte de mim não vai querer ir embora até o último minuto antes do Natal.

— Por causa da sua mãe? — pergunto.

A cada segundo que se passa sem uma resposta, mais leve eu me sinto. Ele está dizendo que vai querer ficar por minha causa? Quero perguntar — preciso perguntar —, mas estou com muito medo. Se ele dissesse que não, eu me sentiria ridícula por supor isso. Se ele dissesse que sim, eu teria que contar que o próximo ano pode ser totalmente diferente deste.

Ele sai no ar frio, vem até a minha porta, pega a minha mão e me ajuda a saltar. Ficamos de mãos dadas por mais um instante, parados muito próximos. Nesse momento, eu me sinto mais perto dele do que já estive de qualquer outro cara. Embora eu não vá ficar aqui por muito tempo. Embora eu não saiba quando vou voltar.

Peço para ele vir de novo amanhã. Ele diz que vai voltar. Solto a mão dele e vou em direção ao trailer, esperando que o silêncio lá dentro acalme a minha mente agitada.

Nos últimos três anos, fui à escola com Heather por um dia antes das férias de inverno. Começou como um desafio durante uma de suas maratonas de filmes; ficamos curiosas para saber se a escola permitiria. Minha mãe ligou para descobrir, e como a diretora do ensino médio era professora na escola primária que eu frequentava todo inverno, ela não se importou.

— Sierra é uma boa menina — disse ela.

Heather aplica delineador, olhando para um espelho minúsculo preso na parte de dentro do seu armário.

— Você perguntou a ele enquanto comia panquecas?

— Panquecas enormes — respondo. — E Rachel me disse para fazer isso em um lugar público, então...

— O que foi que ele disse?

Eu me apoio no armário ao lado.

— A história não é minha para contar. Mas continue dando uma chance para ele, está bem?

— Estou deixando você sair com ele sem supervisão. Eu diria que isso é dar uma chance. — Ela tampa o delineador. — Quando eu soube que vocês dois estavam passeando por toda a cidade e entregando árvores de Natal como Papai e Mamãe Noel, achei que os boatos deviam ser exagerados.

— Obrigada — digo.

Ela fecha o armário.

— Então, agora que vocês dois são de verdade, devo te lembrar por que incentivei que você tivesse um caso de amor.

Nós duas olhamos para Devon no corredor movimentado, parado em um círculo de amigos.

— Você já superou aquela coisa da Rainha do Inverno? — pergunto.

— Pode acreditar: eu fiz ele se humilhar por causa disso — diz ela. — Muito. Mesmo assim, olha só! Ele devia estar aqui comigo. Se ele realmente gostasse de mim...

— Para! — digo. — Escute o que você está dizendo. Primeiro você quer terminar, mas diz que nunca faria isso com ele durante as festas natalinas. E, no entanto, quando ele *não* te dá atenção, você fica desapontada.

— Eu não fico...! Espera, isso é tipo fazer biquinho?

— É.

— Tudo bem. Eu fico desapontada.

Tudo está claro agora. A questão nunca foi Devon ser chato. É Heather ter necessidade de sentir que ele a deseja.

Eu a sigo pelos corredores até a próxima aula. Recebemos olhares de alunos e professores que se perguntam quem eu sou, ou pessoas que me reconhecem, percebendo que é aquela época do ano outra vez.

— Você e Devon saem muito — digo —, e eu sei que vocês se agarram muito, mas ele sabe que você realmente gosta dele?

— Ele sabe — responde ela. — Mas eu não sei se ele gosta de *mim*. Quero dizer, ele fala que gosta. E me liga toda noite, mas é para falar sobre futebol americano imaginário e nada de importante, como descobrir o que eu quero ganhar no Natal, por exemplo.

Deixamos o corredor agitado e entramos na aula de inglês. O professor me dá um aceno de cabeça e um sorriso, depois aponta para uma cadeira já colocada ao lado da mesa de Heather.

Quando o último sinal toca, Jeremiah entra na sala escorregando e pega a mesa bem em frente à de Heather. Meu coração bate mais rápido. Eu me lembro daquele olhar triste no rosto dele quando passou por Caleb no desfile.

Quando o professor vira para o quadro, Jeremiah vira para mim. Sua voz é profunda.

— Quer dizer que você é a nova namorada do Caleb.

Sinto meu rosto ficar quente e congelo por um instante.

— Quem disse isso?

— Não é uma cidade grande — diz ele. — E eu conheço muitos caras no time de beisebol. A reputação do seu pai é famosa.

Cubro o rosto com as mãos.

— Ai, meu Deus.

Ele ri.

— Tudo bem. Fico feliz por você estar saindo com ele. É meio que perfeito.

Solto minhas mãos e o analiso com atenção. O professor diz alguma coisa sobre *Sonho de uma noite de verão* enquanto mexe no computador, e as pessoas ao redor folheiam os cadernos. Eu me inclino para a frente e sussurro:

— Por que perfeito?

Ele vira um pouco para trás.

— Por causa da coisa dele com as árvores. E a sua coisa com as árvores. É legal.

Heather sussurra para mim.

— Não me coloca em confusão. Tenho que voltar para cá amanhã.

Do jeito mais discreto que consigo, pergunto:

— Por que você não anda mais com ele?

Jeremiah baixa o olhar para a mesa e apoia o queixo no ombro para olhar para mim.

— Ele te falou que nós éramos amigos?

— Ele me contou muita coisa — digo. — Ele é um cara muito bom, Jeremiah.

Ele olha para a frente da sala.

— É complicado.

— É mesmo? — pergunto. — Ou sua família faz com que seja assim?

Ele estremece um pouco e depois me olha como se dissesse: *Quem é essa garota?*

Penso no que meus pais diriam se soubessem que Caleb surtou daquele jeito, mesmo que tenha sido anos atrás. Desde que me lembro, eles sempre enfatizaram o perdão, acreditando que as pessoas podem mudar. Quero acreditar que seguiriam essas palavras, mas, quando se trata de mim e de quem eu gosto, não tenho certeza de como eles reagiriam.

Olho de relance para Heather, dando de ombros em um pedido de desculpas, mas essa pode ser a única chance que vou ter com Jeremiah.

— Você falou com eles sobre isso desde aquela época? — pergunto.

— Eles não querem esse tipo de problema para mim — responde ele.

Fico muito triste — e com raiva — que seus pais ou qualquer pessoa possam considerar Caleb um *tipo* de problema.

— Certo, mas você seria amigo dele se pudesse?

Ele olha de novo para a frente da sala e para o professor mexendo no computador. Jeremiah vira para mim.

— Eu estava lá. Eu vi como aconteceu. Caleb estava com uma raiva do diabo, mas não acho que ele a teria machucado.

— Você não acha? — pergunto. — Você *sabe* que ele não teria feito isso.

Seus dedos seguram as laterais da mesa.

— Eu *não* sei isso — diz ele. — E você não estava lá.

As palavras me atingem com dureza. Nunca foi somente a família de Jeremiah. É ele também; e ele está certo, eu não estava lá.

— Quer dizer que nenhum de vocês tem permissão para mudar, é isso?

Heather dá um tapa no meu braço, e eu me recosto na cadeira. Jeremiah encara uma página em branco no caderno durante toda a aula, mas não escreve nem uma palavra.

✤

Não vejo Caleb até o fim do dia. Ele está com Luis e Brent, saindo da ala de matemática. Eu os vejo darem tapas nos ombros um do outro e saírem em direções diferentes. Ele sorri quando me vê e se aproxima.

— Sabe, a maioria das pessoas tenta *sair* da escola — diz ele. — Como foi o seu dia?

— Houve alguns momentos interessantes. — Eu me apoio em uma parede no corredor. — Sei que você provavelmente vai dizer que nunca usou a palavra *árduo* em uma frase, mas foi basicamente isso.

— Nunca usei essa — diz. Ele se apoia na parede comigo, pega o celular e começa a digitar. — Vou consultar essa mais tarde.

Dou uma risada e percebo que Heather está vindo na nossa direção. Vários passos atrás dela, Devon está falando ao celular.

— Estamos indo para o centro da cidade — diz ela. — Fazer compras. Querem ir conosco?

Caleb olha para mim.

— Você decide. Não vou trabalhar.

— Claro — digo para Heather. Viro para Caleb. — Deixa o Devon dirigir. Você pode consultar sua "palavra do dia".

— Se continuar me provocando, pode ser que eu não compre um mocaccino de hortelã para você — diz ele. Então, como se fosse a coisa mais natural que já fez, ele pega a minha mão e seguimos nossos amigos até lá fora.

Catorze

Caleb só solta a minha mão para poder abrir a porta traseira do carro de Devon. Depois que eu sento, ele fecha a porta e faz a volta até o outro lado. Do assento do passageiro na frente, Heather vira e me dá um sorriso ardiloso.

Dou a ela a única resposta adequada em uma situação como esta:

— Cala a boca.

Quando ela balança as sobrancelhas para mim, quase dou uma risada. Mas adoro o fato de que ela decidiu parar de questionar Caleb. Ou isso ou ela está realmente feliz de nos levar para passear com Devon.

Depois de entrar, Caleb pergunta:

— E aí, o que vamos comprar?

— Presentes de Natal — responde Devon. Ele dá partida no motor e olha para Heather. — Acho. Certo?

Heather fecha os olhos e apoia a cabeça na janela.

Preciso dar umas dicas de namoro para Devon.

— Tudo bem, mas *você* vai comprar para quem, Devon?

— Provavelmente para minha família — diz ele. — E você?

Isso vai ser bem mais difícil do que eu pensava, então mudo de tática.

— Heather, se você pudesse ganhar qualquer coisa no Natal, o que seria? Qualquer coisa mesmo.

Heather percebe o que estou fazendo, e isso é porque ela não é ridiculamente distraída como Devon.

— É uma ótima pergunta, Sierra. Sabe, nunca fui de querer muitas coisas, então, talvez...

Devon mexe no rádio enquanto dirige. Preciso me esforçar ao máximo para não chutar seu assento. Caleb olha pela janela, quase rindo. Pelo menos ele entende o que está acontecendo.

— Talvez o quê? — pergunto a Heather.

Ela olha furiosa direto para Devon.

— Alguma coisa atenciosa seria legal, tipo um dia fazendo minhas coisas preferidas: um filme, uma trilha, talvez um piquenique no Cardinals Peak. Alguma coisa tão fácil que até um idiota conseguiria fazer.

Devon troca de novo a estação de rádio. Agora eu quero dar um soco na sua cabeça dura, mas ele está dirigindo, e eu me importo demais com os outros passageiros.

Caleb se inclina para a frente. Ele coloca a mão no ombro de Devon enquanto olha para Heather.

— Parece bem divertido, Heather. Talvez alguém te dê esse melhor dia da sua vida.

Devon olha para Caleb pelo espelho retrovisor.

— Você me cutucou?

Heather se aproxima do rosto dele.

— Nós estávamos falando do que eu quero ganhar de Natal, Devon!

Devon sorri para ela.

— Tipo uma daquelas velas perfumadas? Você adora!

— Como você é observador — diz ela, se recostando. — Tenho várias na minha cômoda e na escrivaninha.

Olhando de volta para a rua, Devon sorri e dá um tapinha no joelho dela.

Caleb e eu começamos a rir baixinho, mas não conseguimos nos segurar e explodimos em uma gargalhada. Eu me apoio no ombro dele, secando as lágrimas nos cantos dos meus olhos. Heather acaba se juntando a nós... Mais ou menos. Até Devon começa a rir, apesar de eu não ter a menor ideia do motivo.

Todo inverno, um casal de aposentados abre uma loja sazonal no centro da cidade chamada Candle Box. Quase sempre fica em um local diferente — uma loja que ficaria vazia durante os feriados natalinos. Eles ficam abertos mais ou menos no mesmo período que o nosso lote, mas os proprietários moram aqui o ano todo. As prateleiras e mesas festivas da loja são abastecidas com velas aromáticas e decorativas com pinhas, purpurina e outros itens colocados em camadas na cera. O que atrai pessoas que passariam direto pela loja é a fabricação de velas na vitrine da frente.

Hoje a esposa está sentada em um banquinho, cercada de recipientes com várias cores de cera derretida. Ela mergulha um pavio na cera várias vezes para criar a vela, que engrossa a cada mergulho, alternando camadas de vermelho e branco. Ela termina a vela com um mergulho na cera branca e depois a pendura em um gancho dando um laço no pavio. A cera ainda está quente enquanto ela passa uma faca nas laterais, descascando as tiras e expondo as diversas camadas de branco e vermelho. A uns dois centímetros do fundo, ela para de fatiar a cera e, fazendo um desenho ondulado, pressiona a fita na vela. Esse processo continua, deslizando a faca e ondulando a fita, ao redor da vela toda. Eu poderia ver esse processo durante horas. Caleb, no entanto, fica interrompendo meu estado hipnotizado.

— De qual você gosta mais? — pergunta ele, levantando velas na minha frente. Primeiro, ele quer que eu cheire um pote com uma imagem de coco no rótulo, e depois um com cranberries.

— Não sei. Já cheirei muitas — digo. — Todas estão com o mesmo cheiro, agora.

— Claro que não! Cranberries e cocos não se parecem em nada. — Uma de cada vez, ele segura as velas perto do meu nariz de novo.

— Encontre uma com canela — digo. — Eu adoro velas de canela.

Sua boca se abre, fingindo pavor.

— Sierra, canela é um aroma de iniciante. Todo mundo gosta de canela! O objetivo é passar para algo mais sofisticado.

Dou um sorriso forçado.

— É mesmo?

— Claro. Espera aqui.

Não tenho a chance de me hipnotizar totalmente pela fabricação de velas antes de Caleb voltar com outro pote. Ele cobre a imagem com a mão, mas a cera é vermelho-escura.

— Feche os olhos — diz ele. — Concentre-se.

Fecho os olhos de novo.

— Qual é o cheiro? — pergunta ele.

Agora *eu* dou uma risada.

— De alguém que acabou de escovar os dentes e está bem na minha cara.

Ele cutuca o meu braço e — com os olhos ainda fechados — inspiro profundamente. Abro os olhos, olhando diretamente para os dele. Ele está tão, tão perto. Minha voz sai como um sopro, quase um sussurro.

— Me fala. Eu gostei.

Ele dá um sorriso simpático.

— Tem um pouco de hortelã, um pouco de árvores de Natal. Um pouco de chocolate, acho. — O rótulo no pote, em letras douradas manuscritas, diz *Um Natal muito especial*. Ele coloca a tampa de volta na vela. — Ela me lembra você.

Umedeço os lábios.

— Quer que eu compre para você?

— Essa é difícil — murmura ele, nossos rostos a poucos centímetros de distância. — Acho que eu provavelmente ficaria louco se acendesse isso no meu quarto.

— Pessoal! — interrompe Devon. — Heather e eu vamos tirar fotos com aquele Papai Noel na praça. Querem ir?

Heather deve ter visto o momento que estava acontecendo entre Caleb e eu. Ela pega a mão de Devon e o puxa para trás.

— Tudo bem. Podemos encontrar com eles mais tarde.

— Não, nós vamos — diz Caleb.

Ele estende a mão, e eu a pego. Sério, eu adoraria desaparecer com ele para algum lugar sem interrupções. Em vez disso, saímos para tirar uma foto sentados no colo de um desconhecido.

Quando chegamos à praça, a fila serpenteia saindo da Casa de Gengibre do Papai Noel, atravessa o pátio e dá meia-volta ao redor de uma fonte de desejos com um urso de bronze entrando na água.

Devon joga uma moeda e atinge a pata do urso.

— Três desejos! — diz ele.

Enquanto Devon e Caleb conversam, Heather se aproxima de mim.

— Parece que vocês dois podiam ter ficado um tempo sozinhos lá na loja.

— Essa é a alegria do Natal — digo. — Você sempre está totalmente cercado de familiares e amigos.

Quando finalmente chegamos à porta da casa de gengibre, um cara gordinho vestido de duende guia Devon e Heather até o Papai Noel, que está empoleirado em um enorme trono de veludo vermelho. Eles se espremem no colo dele. O homem tem uma autêntica barba branca nevada e coloca os braços ao redor deles, como se fossem crianças pequenas. É bobo, mas adorável. Eu me apoio no ombro de Caleb, e ele coloca o braço ao meu redor.

— Eu adorava tirar fotos com o Papai Noel — diz ele. — Meus pais vestiam Abby e eu com camisas combinando e usavam a imagem nos cartões de Natal da família.

Eu me pergunto se lembranças como essas são agridoces para ele agora.

Ele me olha nos olhos e encosta um dedo na minha testa.

— Dá para ver suas engrenagens girando aí dentro. Não, não tem problema falar da minha irmã.

Sorrio e apoio a testa no seu ombro.

— Mas obrigado — diz ele. — Adoro o fato de você estar tentando me entender.

Devon e Heather caminham até o caixa, que é ocupado por outro duende. Quando é nossa vez de sentar no colo do Papai Noel, vejo Caleb tirar o pente roxo do bolso e passá-lo no cabelo algumas vezes.

Uma duende com uma câmera pigarreia.

— Estamos prontos?

— Desculpa — digo, desviando meu olhar de Caleb.

A duende tira várias fotos. Começamos com algumas caretas bobas, mas depois nos recostamos com os braços nos ombros do Papai Noel. O cara que faz papel de Papai Noel entra no jogo, sua alegria sempre presente. Ele até faz um "Ho, ho!" antes de cada foto.

— Me desculpa se somos pesados — digo a ele.

— Vocês não choraram nem fizeram xixi — diz ele. — Isso lhes dá uma vantagem.

Quando saltamos do seu colo, o Papai Noel entrega uma pequena bengala doce embrulhada para cada um. Sigo Caleb em direção ao balcão para ver nossas fotos na tela do computador. Escolhemos a foto em que estamos apoiados no Papai Noel, e Caleb compra uma cópia para cada um de nós. Enquanto eles imprimem, ele também compra um chaveiro com foto.

— Sério? — digo. — Você vai dirigir por aí na sua caminhonete masculina com uma foto do Papai Noel no chaveiro?

— Para começar, é uma foto *nossa* com o Papai Noel — diz ele. — Depois, é uma caminhonete roxa, e você é a primeira pessoa a chamá-la de masculina.

Heather e Devon estão esperando por nós do lado de fora, e Devon está com o braço nos ombros dela. Eles querem comer alguma coisa, então, Caleb e eu os seguimos, mas tenho que guiá-lo pelo braço enquanto ele coloca a foto no chaveiro. Eu o carrego com sucesso, evitando uma quase colisão. Depois, fico tão distraída com sua expressão cuidadosa ao colocar nossa foto em um item que ele vai ver todos os dias que acabamos esbarrando em alguém.

Ele deixa o celular cair.

— Ooops. Desculpa, Caleb.

Caleb pega o celular e o devolve.

— Sem problemas.

Continuamos, e Devon sussurra:

— Na escola, esse cara está sempre com a cara no celular. Ele devia tentar olhar para cima de vez em quando.

— Você está brincando? — diz Heather. — Você é a última...

Devon levanta a mão como um escudo.

— Estou brincando!

— Ele estava falando com Danielle — diz Caleb. — Eu vi o nome dela na tela.

— Hmmm... E daí? — Heather me atualiza. — Danielle mora no Tennessee. Ele a conheceu durante o verão no acampamento de teatro, e eles ficaram totalmente apaixonados.

— Como se isso fosse durar — digo.

Os olhos de Caleb se estreitam, e eu estremeço, me arrependendo das palavras no mesmo instante. Aperto seu braço com mais força, mas ele continua olhando direto para a frente. Eu me sinto horrível, mas ele não pode achar que existe um futuro real em um relacionamento a distância. Pode?

Isso — Caleb e eu — só pode terminar de um jeito: com os dois sofrendo. E já sabemos a data em que isso vai acontecer. Quanto mais levarmos isso adiante, pior vai ser.

Então, o que estou fazendo aqui?

Paro.

— Quer saber? Eu realmente devia voltar para o trabalho.

Heather para na minha frente. Ela percebe o que está acontecendo.

— Sierra...

Todos param de andar, mas só Caleb se recusa a olhar para mim.

— Não estou ajudando tanto quanto eu deveria — digo. — E meu estômago está doendo, então...

— Quer que a gente te leve? — pergunta Devon.

— Eu vou a pé com ela — diz Caleb. — Também perdi o apetite.

Fazemos a maior parte da caminhada de trinta minutos até o lote em silêncio. Ele deve saber que meu estômago não está doendo de verdade, porque não pergunta se estou bem. Mas, no instante em que avistamos a Tenda, ele dói de verdade. Eu não deveria ter dito nada.

— Tenho a sensação de que a coisa toda com minha irmã te incomoda mais do que você admite — diz ele.

— Não é isso, de jeito nenhum — digo. Paro de andar e pego a mão dele. — Caleb, não sou o tipo de pessoa que te cobraria desse jeito pelo passado.

Ele passa a outra mão no cabelo.

— Então, por que você falou aquilo lá, sobre relacionamentos a distância?

Respiro fundo.

— Você realmente acha que vai dar certo para eles? Não quero ser cética, mas duas vidas, dois grupos de amigos, dois estados diferentes? As chances estão contra eles desde o início.

— Você quer dizer que estão contra nós — diz ele.

Solto a mão dele e olho para o nada.

— Eu conhecia aquele cara antes de ele conhecer Danielle, e estou feliz por ele estar com ela. É inconveniente, e ele não a vê todos os dias nem vai a bailes com ela, mas eles se falam o tempo todo. — Ele faz uma pausa e, por um instante fugaz, seus olhos se estreitam. — Eu realmente não achei que você era pessimista.

Pessimista? Sinto minha raiva aumentando.

— Isso prova que não nos conhecemos há muito tempo.

— Não mesmo — diz ele —, mas eu te conheço há tempo suficiente.

— É mesmo? — Não consigo evitar o sarcasmo na voz.

— Ele e Danielle têm um enorme obstáculo, mas trabalham para contorná-lo — diz Caleb. — Tenho certeza que eles sabem mais um sobre o outro do que a maioria das pessoas. Você está dizendo que eles só devem se concentrar na única coisa difícil?

Eu pisco.

— Você está falando sério? Você evita as meninas daqui porque não quer explicar seu passado para elas. Isso é se concentrar no difícil.

A frustração transborda nele.

— Não foi isso o que eu disse. Eu falei que não estive com ninguém por tempo suficiente para descobrir se a pessoa vale a pena. Mas você *vale* a pena. Eu sei disso.

Minha cabeça boia com o que ele acabou de dizer.

— Sério? Você acha que somos possíveis?

Seus olhos estão inflexíveis.

— Acho. — Logo seus olhos se tornam gentis, e ele me dá um sorriso delicado e sincero. — Sierra, eu penteei o cabelo para você.

Olho para baixo e dou uma risada, depois afasto o cabelo do meu rosto.

Ele passa o polegar na minha bochecha. Levanto o queixo para ele e prendo a respiração.

— Minha irmã chega no fim de semana — diz ele. Há um nervosismo na sua voz. — Quero que você a conheça. E minha mãe. Você pode fazer isso?

Olho profundamente nos olhos dele para responder.

— Posso. — Com essa palavra, sinto que estou respondendo a uma dezena de perguntas que ele não precisa mais fazer.

Quando chego ao trailer, me jogo na cama. Coloco minha foto com Caleb e o Papai Noel na mesa, olhando de lado para ela enquanto apoio a cabeça na almofada de suéter feio.

Em seguida, me ajoelho e seguro a nossa foto diante das molduras que eu trouxe de casa. Primeiro, mostro para Elizabeth. Na minha melhor voz de Elizabeth, pergunto:

— Por que você está fazendo isso? Você está aí para vender árvores e sair com Heather.

Respondo:

— Tenho feito isso, mas...

Volto para Elizabeth.

— Isso não vai a lugar nenhum, Sierra, não importa o que ele diga sobre se concentrar no possível.

Fecho bem os olhos.

— Não sei, gente. Talvez possa funcionar.

Passo para a foto de Rachel.

A primeira coisa que ela faz é assobiar e apontar para a covinha dele.

— Eu sei — digo. — Confia em mim, isso não facilita as coisas.

— Qual é a pior coisa que pode acontecer? — pergunta ela.

— Seu coração se partir. E daí? Parece que isso vai acontecer de qualquer maneira.

Caio de volta na cama, abraçando a foto de Caleb.

— Eu sei.

Vou lá fora para ver se posso ajudar na Tenda. As coisas estão calmas, então misturo chocolate quente na minha caneca de ovo de Páscoa e volto ao trailer para fazer o trabalho da escola. Passando pelos nossos abetos Fraser mais altos, vejo Andrew puxando uma mangueira entre eles. Depois da nossa briga outro dia, decidi ser simpática pelo bem do nosso trabalho juntos.

— Obrigada por verificar sempre a água deles — digo. — Estão bonitos.

Andrew me ignora completamente. Ele gira o bocal da mangueira e começa a jogar vapor de água nas árvores. Acabou-se a tentativa de ser cordial.

No trailer, pego o notebook e reviso o artigo sobre um capítulo que fiz tarde na noite passada. Ao verificar o e-mail, vejo que Monsieur Cappeau está chateado por eu ter cancelado nossa última conversa, então a remarco e depois desligo tudo.

Espiando pelas cortinas, vejo meu pai se aproximar de Andrew, fazendo um sinal para ele lhe entregar a mangueira. Ele demonstra a maneira como quer que as árvores sejam molhadas com vapor e depois a devolve. Andrew faz que sim com a cabeça e meu pai sorri, dando um tapinha no ombro dele.

Em seguida, ele entra na nossa floresta de árvores. Em vez de voltar a lançar o vapor, Andrew olha rapidamente para o trailer.

Fico irritada e deixo a cortina se fechar.

Decido fazer o jantar para a família, cortando vegetais do McGregor's e cozinhando tudo junto em uma grande panela de sopa. Enquanto tudo ferve, vejo outro caminhão carregado de árvores parar lá fora. Tio Bruce desce da cabine. Enquanto alguns dos nossos funcionários rodeiam o caminhão e sobem na escada até as árvores, tio Bruce dá uma corridinha até o trailer e abre a porta.

— Uau, o cheiro está ótimo! — Ele me puxa para um abraço de urso. — Lá fora está com cheiro de seiva de árvores e garotos adolescentes.

Ele pede licença e corre para o banheiro enquanto verifico a sopa. Salpico alguns temperos do armário e mexo com uma colher de pau. Tio Bruce volta e experimenta um pouco antes de retornar às árvores. Eu me apoio no balcão e encaro a porta se fechando quando ele sai. Estes são os momentos que me dão vontade de fazer isso pelo resto da vida. Quando meus pais ficarem muito velhos, vai caber a mim decidir o destino da nossa fazenda e se vamos administrar algum lote.

Quando a caçamba do caminhão está vazia, meu pai fica lá fora para orientar os funcionários, mas minha mãe e tio Bruce entram e se juntam a mim. Eles ficam tão empolgados com a sopa, devorando-a como lobos famintos, que não dizem nada sobre eu ter escapado do trabalho pesado.

Servindo uma segunda tigela, o tio Bruce nos fala que a tia Penny envolveu a árvore de Natal toda com luzes sem ligá-las na parede antes.

— Quem faz isso? — diz ele. Quando ela finalmente as acendeu, metade das luzes não funcionou, e agora eles têm uma árvore com metade da iluminação possível.

Quando o tio Bruce sai para assumir o lugar do meu pai, minha mãe vai até o quarto minúsculo para um rápido cochilo antes da correria noturna. Meu pai entra, e eu lhe entrego uma tigela de sopa. Ele fica perto da porta, aparentemente agitado, como se quisesse falar comigo sobre alguma coisa. Em vez disso, balança a cabeça e vai para o quarto.

Na tarde seguinte, quando as coisas ficam mais calmas, retorno uma ligação para Rachel.

— Você não vai acreditar no que aconteceu! — diz ela.

— Algum ator viu sua postagem sobre o baile formal de inverno e aceitou?

— Ei, eles fazem isso às vezes, é uma boa publicidade, então, ainda tenho esperança — diz ela. — Mas é bem melhor que isso.

— Então fala logo!

— A garota de *Um conto de Natal*, que faz o papel do Fantasma do Natal Passado, está com mononucleose! Quero dizer, isso não é bom. Mas eu vou substituí-la, e isso é bom!

Dou uma risada.

— Pelo menos você sabe que ter mononucleose não é bom.

Rachel também ri.

— Eu sei, eu sei, mas é mononucleose, não é câncer. Enfim, eu sei que está em cima da hora, mas domingo à noite é o único dia do espetáculo que não está esgotado.

— Tipo... Amanhã? — pergunto.

— Já pesquisei, e você pode pegar um trem à meia-noite e...

— Meia-noite de hoje?

— Você vai chegar aqui com tempo de sobra — diz ela.

Devo ter feito uma pausa muito longa, porque Rachel pergunta se ainda estou aqui.

— Vou perguntar — digo —, mas não posso prometer.

— Não, claro — diz ela —, mas tente. Quero te ver. Elizabeth também. E você pode ficar na minha casa. Já pedi para os meus pais. E você pode contar tudo sobre Caleb. Você tem andado quieta demais sobre esse assunto...

— Tivemos a conversa sobre a irmã dele — digo. — Acho que ele me contou tudo.

— Então imagino que ele não seja um psicopata.

— Eu não falei muito com ninguém porque ainda é complicado — digo. — Não tenho certeza de como me sinto nem mesmo de como quero me sentir.

— Isso é confuso de ouvir — diz Rachel. — Deve ser bem confuso de pensar.

— Agora que eu sei que não é errado gostar dele — digo —, estou obcecada para saber se é isso que o torna certo. Só fico aqui por mais umas semanas.

— Hmmm... — Ouço Rachel tamborilando os dedos na lateral do telefone. — Parece que você não pretende se esquecer dele quando for embora.

— A essa altura, não sei se isso é possível.

Depois que desligamos, encontro minha mãe na Tenda pendurando guirlandas que acabaram de ser feitas. Por cima da blusa de trabalho, ela usa um avental verde escuro que diz: *Está começando a ficar com cheiro de Natal*. No ano passado, demos esse avental para meu pai na Noite de Natal. Sempre compramos alguma coisa brega para ele antes de irmos para casa, onde estão os presentes de verdade.

Eu a ajudo a afofar alguns ramos das guirlandas. Em certo momento, comento:

— Posso pegar um trem para ver Rachel no papel de Fantasma do Natal Passado no domingo?

Minha mãe congela enquanto ajeita uma guirlanda.

— Acho que você disse alguma coisa sobre Rachel e um fantasma ou...

— É uma péssima hora, eu sei — digo. — Este fim de semana vai ser muito agitado. Não preciso ir se for inconveniente para alguém. — Não menciono que não quero ir. Não gostaria de perder dois dias potenciais com Caleb sozinha em um trem.

Ela vai até uma caixa de papelão selada no balcão e corta a fita adesiva com uma lâmina.

— Vou falar com seu pai — diz ela. — Talvez possamos dar um jeito.

— Ah...

Depois de abrir a caixa, ela me entrega várias caixas brancas estreitas de festão prateado. Eu as coloco na prateleira abaixo das guirlandas, e ela me entrega mais.

— Alguns funcionários têm pedido para trabalhar mais horas — diz ela. — Podemos chamá-los durante alguns dias enquanto você estiver fora. — Ela coloca a caixa vazia embaixo do balcão e limpa as mãos no avental. — Você pode ficar de olho no caixa para mim?

Isso significa que ela vai falar com meu pai.

— Na verdade — digo, fechando os olhos —, eu não quero ir de verdade. — Sorrio para ela com os dentes cerrados.

Minha mãe dá uma risadinha.

— Então, por que você pediu?

Passo a mão no rosto.

— Porque achei que você ia dizer não. Achei que vocês iam precisar de mim aqui. Mas falei pra Rachel que ia pedir.

O rosto da minha mãe fica carinhoso.

— Querida, o que está acontecendo? Você sabe que seu pai e eu adoramos ter você aqui para ajudar, mas nunca vamos querer que você sinta que abriu mão de tudo pelo negócio da família.

— Mas é o negócio da *família* — digo. — Um dia eu poderia assumi-lo.

— Nós adoraríamos isso, é claro — diz minha mãe. Ela me puxa para um abraço e depois recua para que possamos nos ver. — Mas, se estou entendendo bem, não estamos falando só do negócio da família ou de uma peça de teatro.

Desvio o olhar.

— Rachel é importante para mim. Você sabe disso. Embora o Fantasma do Natal Passado nem tenha fala, eu adoraria vê-la de qualquer maneira. Mas... Bem... Caleb queria que eu conhecesse a família dele no fim de semana.

Minha mãe analisa minha expressão.

— Se eu fosse seu pai, estaria reservando a passagem de trem agora mesmo.

— Eu sei — digo. — Estou sendo idiota?

— Seus sentimentos não são idiotas — diz ela. — Mas devo dizer que seu pai tem algumas reservas reais em relação a Caleb.

Franzo a testa.

— Você pode me dizer o motivo?

— Eu falei que precisamos confiar em você — diz minha mãe —, mas não posso dizer que não estou preocupada.

— Mãe, me conta — peço, analisando seu olhar. — Andrew disse alguma coisa?

— Ele conversou com seu pai — diz ela. — E você deveria conversar também.

— Mas é *Um conto de Natal*! — diz Rachel.

Me deito com o telefone no ouvido e a mão na testa. Na foto, Rachel me olha enquanto finge se esconder dos paparazzi.

— Não é que eu não queira ver — digo a ela. Eu podia dizer que meus pais não me deixaram ir, mas ela e eu sempre fomos sinceras uma com a outra.

— Então, entre no trem! — diz ela. — Eu juro, se isso for por causa daquele menino...

— O nome dele é Caleb. E é, sim. Rachel, ele quer que eu conheça a família dele no fim de semana. Depois disso, só temos alguns dias antes de... — Ouço um clique. — Você está aí?

Bato o celular na mesa, coloco a almofada de suéter feio sobre a boca e grito. Eu me dou um momento para sentir raiva, depois decido usar essa energia para questionar meu pai sobre o que Andrew disse a ele.

Encontro meu pai carregando uma pequena árvore até um carro.

— Não, tem muita coisa acontecendo hoje à noite — diz ele. Seu tom áspero me diz que ele não está pronto para conversar. — Sua mãe e eu temos que analisar as vendas e... Não, Sierra, não posso.

Quando Heather me liga para saber se podemos fazer biscoitos hoje à noite com os garotos, nem me preocupo em perguntar. Minha mãe disse que não quer que o negócio da família se intrometa na minha vida, então, quando Devon passa lá, digo a ela que vou sair, entro no carro dele e vamos embora.

Paramos no estacionamento do supermercado, e Caleb se inclina para a frente. Ele pede a Devon que estacione no lado oposto ao lote de árvores de Natal dos Hoppers, para não haver nenhuma conversa constrangedora sobre por que ele não esteve por lá ultimamente.

— Você devia comprar deles também — digo. — Eu amo a família Hopper. Bom, eu teria que rescindir seu desconto, mas...

Heather ri.

— Sierra, acho que você vai ter que explicar para ele o que significa *rescindir*.

— Ha. Muito engraçado — diz Caleb. — Eu sei o que significa... No contexto.

Meu celular apita com uma mensagem de texto de Elizabeth, e eu cubro a tela com a mão para ler. Ela me diz que preciso pensar em quais amigos estarão por perto daqui a alguns anos. Obviamente, Rachel ligou para ela assim que desligou na minha cara. Uma segunda mensagem de texto de Elizabeth expressa decepção por eu estar fazendo isso por causa de um cara que mal conheço.

— Está tudo bem? — pergunta Caleb.

Desligo o celular e o coloco no bolso.

— Só um drama em Oregon — digo.

Por terem vindo de Elizabeth, essas mensagens de texto parecem agressivas. Elas acham que a decisão foi fácil? Ou que Caleb não pode ser importante para mim? Não é fácil, e eu não vou me tornar uma dessas garotas. Estou aqui por pouco tempo e não quero apagar do calendário vários dias que eu poderia passar com ele.

Saímos do carro, e Caleb faz um espetáculo virando o colarinho e se encolhendo para que o sr. Hopper não o veja. Embora estejamos muito longe para ele nos ver, faço o mesmo, e entramos correndo na loja.

Heather dobra a lista de compras ao meio e depois a corta. Ela dá metade da lista para mim e Caleb, ela fica com a outra metade e sai de braços dados com Devon. Concordamos em nos reunir no caixa oito quando terminarmos. Caleb e eu começamos pela seção de laticínios nos fundos da loja.

— Você parecia desligada quando te pegamos — diz Caleb. — Está tudo bem?

Só consigo dar de ombros. As coisas não estão bem. Rachel está com raiva porque não vou ao espetáculo dela. Meu pai ficaria com raiva por eu estar aqui agora.

— É só isso que eu recebo? Você só vai dar de ombros? — pergunta Caleb. — Obrigado. Você vai receber nota máxima em comunicação.

Não quero falar sobre isso enquanto fazemos compras, e agora Caleb está chateado comigo. Ele anda um passo à frente. Quando chegamos à prateleira refrigerada de leite, ele para de repente e estende a mão para trás, para pegar a minha.

Sigo seu olhar até ver Jeremiah colocando um galão de leite no carrinho de compras. Quando uma mulher que parece a mãe dele gira o carrinho, todos nos encaramos. Lanço um olhar mais atento à mãe. Eu a reconheço — ela foi ao lote alguns dias atrás. Quando ofereci ajuda, ela murmurou alguma coisa sobre os nossos preços e passou direto por mim.

Jeremiah dá um sorriso educado para nós dois.

A mãe começa a empurrar o carrinho para nos contornar.

— Caleb — diz ela, em vez de "Olá". Sua voz é firme.

A voz de Caleb é suave.

— Oi, sra. Moore. — Antes que ela possa passar, ele acrescenta: — Esta é minha amiga, Sierra.

A sra. Moore olha para mim, ainda empurrando o carrinho para desviar de nós.

— Prazer em conhecê-la, querida.

Encontro seu olhar.

— Meus pais são donos de um dos lotes de árvores de Natal — digo. Dou um passo na mesma direção em que eles estão indo, e ela para o carrinho. — Acho que a senhora foi lá recentemente.

Seu sorriso é hesitante, e ela olha para Jeremiah.

— O que me lembra que ainda precisamos comprar a nossa.

Sinto a tensão na mão de Caleb, mas faço o melhor possível para ignorá-lo e continuar a conversa. Sigo ao lado do carrinho dela, puxando Caleb comigo.

— Passe lá de novo — digo. — Meu tio trouxe um novo carregamento. Elas estão bem frescas.

A sra. Moore olha de novo para Caleb, com menos frieza, mas vira na minha direção para falar.

— Talvez a gente passe lá. Foi um prazer conhecê-la, Sierra. — Ela empurra o carrinho adiante, e Jeremiah a segue pelo corredor.

Os olhos de Caleb parecem vidrados. Aperto o braço dele para mostrar que estou aqui, mas também para me desculpar por ter forçado esse momento. Mas está claro para mim que ele e Jeremiah não deveriam ter deixado de ser amigos.

Antes que eu possa expressar isso, uma voz irritada vem de trás de nós.

— Meu irmão não precisa dos seus problemas, Caleb. Ele é bom.

Viro para trás. A irmã de Jeremiah está com as mãos nos quadris, esperando Caleb reagir, mas ele não diz nada. Quando o olhar dele vai para o chão, dou um passo em direção a ela.

— Qual é o seu nome? — pergunto. — É Cassandra, certo? Escute, Cassandra, Caleb também é bom. Você e seu irmão deviam aprender isso.

Ela olha de Caleb para mim, provavelmente se perguntando por que ele não está se defendendo. Inclino a cabeça, pronta para perguntar a mesma coisa em relação a Jeremiah.

— Eu não te conheço — me diz Cassandra —, e você não conhece meu irmão.

— Mas conheço Caleb — digo.

Ela balança a cabeça.

— Ele não vai se meter nisso. De novo, não. — Ela segue pelo corredor.

Aperto a mão de Caleb enquanto a observamos desaparecer ao virar a esquina.

— Sinto muito — sussurro. — Eu sei que você sabe se defender. Eu simplesmente não consegui parar.

— As pessoas vão pensar o que quiserem — diz ele. Quando o confronto acaba, percebo sua calma voltar aos poucos. Ao longo dos anos, ele claramente aprendeu a deixar esses momentos de lado, e agora ele me dá um sorriso presunçoso. — E aí, você conseguiu desabafar?

— Eu estava preparada para dar uns socos, se fosse necessário — digo.

— E agora você sabe por que não soltei a sua mão.

Heather e Devon aparecem atrás de nós. Ele está carregando uma cesta com ovos, cobertura e confeitos.

— Podemos fazer biscoitos agora? — pergunta Heather. Ela olha para as nossas mãos. — Onde estão as suas coisas? Era uma lista curta!

Depois de pegarmos nossos itens, vamos juntos para a fila do caixa. Jeremiah, sua mãe e Cassandra estão a dois caixas de distância. Nenhum deles nos cumprimenta, mas a maneira como olham para todos os lugares *menos* para nós diz tudo.

— Não te incomoda o fato de ele nem olhar para você? — pergunto a Caleb.

— Claro que sim — diz ele. — Mas a culpa é minha, então, eu deixo pra lá.

— Você está brincando? — pergunto. — Eles é que deviam...

— Por favor — diz ele. — Deixa pra lá.

Deixo Caleb, Heather e Devon colocarem as coisas na esteira enquanto olho furiosa para a família de Jeremiah. A sra. Moore olha na nossa direção e depois olha de novo, obviamente desconfortável por eu estar olhando para ela.

— Volte lá amanhã! — grito. — Vamos dar desconto para amigos e familiares.

Cassandra estreita os olhos para mim, mas mantém a boca fechada. Caleb finge estar ocupado com os chicletes.

Devon parece confuso.

— Posso ganhar um desconto?

De manhã, sou surpreendida quando Jeremiah realmente aparece no lote com Cassandra. Ele parece que acabou de sair da cama, vestiu uma calça e um casaco de moletom e colocou um boné de beisebol. Ela parece que acordou com o alarme, tomou café da manhã, fez o cabelo e a maquiagem, e depois o acordou.

Jeremiah vai investigar as árvores enquanto Cassandra entra na Tenda.

— Suponho que vocês tenham vindo por causa do desconto — digo.

— Minha mãe não nos deixou dispensá-lo — resmunga ela, mas tenho certeza de que Cassandra tentou.

— Por nada — digo a ela.

Ela abaixa um pouco a cabeça, mas continua me olhando nos olhos.

— Por que você ofereceu o desconto?

— Sinceramente, eu esperava que seus pais viessem aqui para eu poder conversar com eles.

Ela cruza os braços.

— O que você poderia dizer que ainda não foi dito?

— Que Caleb nunca faria mal a ninguém — digo. — Tenho a sensação de que isso não foi dito.

— Você acredita nisso?

— Totalmente.

Cassandra ri.

— Você só pode estar brincando. Jeremiah viu quando ele foi atrás da irmã com uma faca!

— Eu sei. Também sei que ele se arrepende disso todo dia — digo. — Ele vive com isso todo dia. A família dele vive com isso.

Cassandra olha para baixo e balança a cabeça.

— Meus pais nunca vão aceitar...

— Eu entendo, mas talvez eles estejam exagerando com essa coisa protetora — digo. — Meu pai faz qualquer cara que trabalhe aqui limpar os banheiros externos se o cara só me olhar de um jeito engraçado.

— Isso é um pouco diferente de flertar com alguém. Você sabe disso, certo?

Atrás dela, Jeremiah entra na Tenda. Ele segura uma etiqueta de árvore, mas fica fora da conversa.

— Eu também acho que não são só os seus pais — digo. — Jeremiah e Caleb costumavam ser melhores amigos, e eles ainda deveriam ser melhores amigos. Eles nunca tiveram a chance de entender as coisas antes que essas linhas fossem traçadas.

Espero uma resposta que não vem. Ela olha para as unhas, mas pelo menos ainda está aqui.

— Você deve vê-lo na escola — digo. — Tudo o que ele faz prova quem ele é agora. Você sabia que ele entrega árvores de Natal pra famílias carentes? Sabe por quê? Porque elas ficam felizes com isso.

Ela finalmente olha para mim.

— Ou é porque ele destruiu a própria família?

Eu me encolho.

Ela olha para baixo e fecha os olhos.

— Eu não deveria ter dito isso.

Não sei o que dizer. De certa forma, talvez ela esteja certa. Caleb não dá as árvores esperando estrelas douradas. Ele espera a paz, equilibrar seus erros.

Jeremiah se aproxima. Ele coloca a mão no ombro da irmã.

— Tudo bem por aqui?

Ela vira para ele.

— E se acontecesse de novo, Jeremiah? E se alguém provocá-lo quando você estiver com ele, e ele surtar outra vez? Você acha que vai evitar ser arrastado para isso?

— Ele cometeu um erro e pagou por isso — digo. — Tanto tempo depois, isso ainda o destrói. Você gosta de fazer parte disso?

Ela olha para Jeremiah.

— Minha mãe nunca aprovaria.

Jeremiah olha para mim. Sem acusar, ele diz:

— Você acha que o conhece.

— Eu conheço — digo. — Sei quem ele é agora.

— Sinto muito — diz Cassandra. Ela olha do irmão para mim. — Sei que você quer que seja diferente, mas eu sempre vou colocar meu irmão em primeiro lugar.

Ela se vira e sai da Tenda.

Dezesseis

Observo Cassandra e Jeremiah entrarem no carro, que agora tem uma árvore com desconto amarrada no teto. Jeremiah está com a janela do passageiro abaixada, o braço para fora, e me dá um aceno desanimado quando eles saem do lote.

Ele está com a aparência de como eu me sinto, mas uma parte de mim se agarra à esperança de que a conversa continue. Um dia talvez alguém escute.

— O que foi isso? — pergunta minha mãe.

— É complicado — respondo.

— O que foi? Também é por causa do Caleb?

— Podemos não falar sobre isso? — pergunto.

— Sierra, você precisa conversar com seu pai — diz minha mãe. — Eu fico dizendo para ele confiar no que você está fazendo, mas, se você não consegue se abrir comigo, não vou mais fazer isso. Andrew disse para ele...

— Não me importa o que Andrew disse — digo a ela. — E você também não deveria se importar.

Ela cruza os braços.

— Essa defesa toda me preocupa, Sierra. Você realmente entende onde está se envolvendo?

Fecho os olhos e expiro.

— Mãe, qual você diria que é a diferença entre fofocas e informações relevantes?

Ela pensa no assunto.

— Eu diria que, se as pessoas não estão diretamente envolvidas de alguma forma, é fofoca.

Mordo o lábio inferior.

— A razão para eu querer te contar é porque não quero que você julgue Caleb com base no que Andrew disse, porque garanto que ele não disse isso pelo seu bem. Ele falou para magoar Caleb ou para se vingar de mim por tê-lo rejeitado.

Agora eu percebo que realmente estou deixando minha mãe preocupada.

— Isso parece outra história que preciso que você me conte.

— Ela me instrui a encontrar meu pai enquanto ela arruma alguém para ficar no caixa.

Na área de estacionamento, meu pai e Andrew estão colocando uma árvore no porta-malas do carro de uma mulher. Metade da árvore fica para fora do porta-malas, então, eles usam uma corda para evitar que a tampa se abra. A mulher oferece uma gorjeta a meu pai, mas ele pede que ela dê a Andrew. Depois que Andrew aceita a gorjeta, ele segue meu pai de volta ao lote.

— Oi, querida — diz meu pai. Ele para na minha frente, e Andrew para com ele.

Encaro Andrew e aponto o polegar por sobre o meu ombro.

— Você pode continuar trabalhando.

Andrew dá um sorriso presunçoso enquanto se afasta. Ele sabe que está causando problemas. Acho que é isso o que as pessoas fazem quando gostam de alguém que não gosta delas.

— Sierra, isso foi desnecessário — diz meu pai.

Tento disfarçar um revirar de olhos bem merecido.

— É por isso que precisamos conversar.

Minha mãe, meu pai e eu caminhamos pela Oak Boulevard, nos afastando do lote. Carros passam e, de vez em quando, um ciclista passa pedalando. Respiro fundo e balanço os braços, reunindo coragem para começar essa conversa. Depois que começo, ela sai fluindo, e eles me deixam dizer tudo sem interrupções.

Conto tudo o que sei sobre Caleb, e sobre sua família, e Jeremiah, e o que Caleb faz com as árvores. Por algum motivo, levo mais tempo para contar a história do que quando Caleb me contou. Talvez porque sinto a necessidade de acrescentar muito mais sobre quem Caleb é agora.

Quando termino, a testa do meu pai está ainda mais franzida.

— Quando ouvi dizer que Caleb atacou a...

— Ele não a atacou! — digo. — Ele foi atrás dela, mas nunca teria...

— E você quer que eu aceite isso? — pergunta meu pai. — Foi muito difícil deixar você sair com aquele garoto depois de ouvir o que ele fez, mas eu queria confiar em você. Eu achava que você tinha bom senso, Sierra, mas agora estou preocupado que esteja sendo ingênua, tirando o peso de algo que...

— Estou sendo sincera com você — digo. — Isso não conta?

— Querida — diz minha mãe —, não foi *você* que nos contou. Foi Andrew.

Meu pai olha para minha mãe.

— Nossa filha está namorando um menino que atacou... — ele ergue a mão para evitar que eu interrompa — ...um menino que *foi atrás* da irmã com uma faca.

— Então, não há espaço para o perdão? — pergunto.
— Ótima lição, pai. Você faz besteira uma vez e fica ferrado pelo resto da vida.

Meu pai aponta um dedo para mim.
— Não foi isso...

Minha mãe interfere.
— Sierra, estamos aqui por mais uma semana. Se isso deixa seu pai tão desconfortável, é algo que você realmente precisa continuar?

Paro de andar.
— Essa não é a questão! Eu não conhecia Caleb quando aconteceu, e vocês também não. Mas eu realmente gosto de quem ele é agora, e vocês também deveriam.

Ambos pararam de andar, mas meu pai olha para a rua com os braços cruzados.
— Me perdoe por não querer que minha única filha saia com um garoto que eu sei que tem um passado violento.
— Se vocês não soubessem o que aconteceu anos atrás e só o conhecessem agora — digo —, estariam implorando para eu me casar com ele.

A boca da minha mãe se abre. Sei que eu exagerei um pouco, mas minha frustração com a conversa está aumentando a cada segundo.
— Você conheceu a mamãe enquanto trabalhava neste mesmo lote — digo. — Você acha que uma parte da sua reação é porque você tem medo que isso aconteça comigo?

Minha mãe leva a mão ao coração.
— Posso jurar que nem pensei nisso.

Meu pai continua olhando para a rua, mas seus olhos estão arregalados.

— E eu posso dizer que meu coração acabou de parar.

— Eu odeio isso — digo. — Ele foi rotulado como essa... *coisa*... por tantas pessoas durante tanto tempo. E elas preferem acreditar no pior do que falar com ele sobre o assunto. Ou simplesmente perdoá-lo.

— Se ele tivesse *usado* a faca — diz minha mãe —, não haveria nenhuma maneira de sequer...

— Eu sei — digo. — Eu também não ia fazer isso.

A cada carro que passa, oscilo entre pensar que os conquistei e os perdi completamente.

— Mas também fui criada para acreditar que todo mundo pode melhorar — digo.

Ainda olhando para longe. Meu pai diz:

— E seria errado estragar isso.

— É.

Minha mãe pega a mão do meu pai, e eles se entreolham. Sem palavras, juntos, os dois decidem o que fazer. Finalmente, eles se viram para mim.

— Sem conhecê-lo como você — diz meu pai —, tenho certeza de que você entende por que ouvir o que aconteceu com a irmã dele nos deixa desconfortáveis. E eu adoraria dar uma chance a ele, mas é difícil entender o porquê, já que nem estaremos mais por perto daqui a duas semanas...

Ele não vai dizer, mas quer saber por que não posso apenas deixar isso de lado. Por que eu preciso deixá-los preocupados?

— Não há motivo para se preocupar — digo. — Você mesmo disse: eu *realmente* o conheço. E você sabe que me ensinou a ser cautelosa com essas coisas. E não precisa confiar nele, é só não julgá-lo. E confiar em mim.

Meu pai suspira.

— Você precisa se envolver tanto?

— Parece que ela já se envolveu — diz minha mãe, baixinho.

Meu pai olha para as próprias mãos, segurando as da minha mãe. Ele olha para mim, mas seus olhos só conseguem se fixar nos meus por um instante. Ele solta as mãos da minha mãe e começa a voltar para o lote. Minha mãe e eu observamos ele se afastar.

— Acho que todos nós expressamos o que estamos sentindo — diz minha mãe. Ela aperta a minha mão e não solta enquanto caminhamos juntas até o lote.

Toda vez que dou a Caleb o benefício da dúvida, ele prova que estou certa. Toda vez que o defendo, eu sei que estou certa. Havia um milhão de motivos pelos quais eu poderia ter desistido, mas, toda vez que não desisto, sinto vontade de tentar muito mais para fazer isso dar certo.

Naquela noite, demoro muito tempo para me preparar para jantar com a família de Caleb. Troco de roupa três vezes, terminando com uma calça jeans e um suéter creme de caxemira, que, é claro, foi por onde comecei. Quando ouço uma batida na porta, solto o cabelo no rosto e dou uma última olhada em mim mesma. Abro a porta e encontro Caleb sorrindo para mim. Ele está usando uma jeans azul-escuro e um suéter preto com uma faixa cinza no peito.

Ele começa a dizer alguma coisa, mas depois para e me olha. Se seu olhar persistir por mais um segundo, vou precisar que ele diga *qualquer coisa*, mas ele sussurra:

— Você está linda.

Sinto meu rosto aquecer.

— Você não precisa dizer isso.

— Preciso — diz ele. — Quer você consiga aceitar um elogio ou não, você está linda.

Encontro seus olhos e sorrio.

— Por nada — diz ele. Caleb oferece a mão para me ajudar a descer, e caminhamos em direção à sua caminhonete. Não vejo meu pai, mas minha mãe está ajudando um cliente perto das árvores. Quando ela olha para mim, aponto para o estacionamento, para ela saber que estou saindo.

Andrew está reabastecendo a rede ao redor do cilindro de árvores, e eu sinto que seu olhar nos acompanha ao longo do lote.

— Espera — digo a Caleb.

Ele olha para Andrew, que agora está nos encarando diretamente.

— Vamos embora — diz Caleb. — Isso não importa.

— Importa para mim.

Caleb solta a minha mão e continua em direção à caminhonete. Ele entra e fecha a porta, e eu espero para ter certeza de que ele não vai embora. Ele faz um gesto impaciente para eu fazer o que preciso, e eu viro e vou até Andrew.

Ele continua trabalhando na rede e se recusa a olhar para mim.

— Noite de encontro?

— Eu conversei com meus pais sobre Caleb — digo. — Claro que não pude falar para eles quando eu queria, mas quando precisei... Por sua causa.

— E, mesmo assim, eles vão deixar você sair — diz ele.

— Que ótimos pais.

— Porque eles confiam mais em mim do que em você — digo —, como deveria ser.

Ele me olha nos olhos. Há tanto ódio dentro dele.

— Eles tinham o direito de saber que a filha está namorando um... Seja o que for.

Minha fúria cresce.

— Isso não é da sua conta — digo. — Eu não sou da sua conta.

Caleb aparece atrás de mim e pega a minha mão.

— Sierra, vamos.

Andrew olha para nós dois com repulsa.

— Aonde quer que você vá, espero que não sirvam nada que precise cortar. Pelo bem de vocês dois.

Caleb solta a minha mão.

— Por que, para que não haja facas? — pergunta ele.

— Nossa, que esperto.

Vejo meu pai sair dentre duas árvores, nos observando. Minha mãe anda na direção dele, preocupada, e ele balança a cabeça.

O maxilar de Caleb fica tenso e ele desvia o olhar, como se pudesse surtar a qualquer momento e dar um soco em Andrew. Parte de mim quer exatamente isso, mas preciso que Caleb fique calmo. Quero saber se ele consegue fazer isso e quero que meus pais vejam.

Ele flexiona os dedos e depois massageia a nuca. Ele olha para Andrew, mas ninguém diz nada. Andrew parece estar com medo, com a mão agarrada à rede como se fosse a única coisa que o impede de recuar. Ao ver o medo de Andrew, a expressão de Caleb muda da raiva para o arrependimento. Ele pega a minha mão de novo, entrelaçando nossos dedos, e me leva para a caminhonete.

Ficamos sentados em silêncio por alguns minutos, nos acalmando. Sinto que devo dizer alguma coisa, mas não sei por onde, nem como, começar. Depois de um tempo, ele dá partida no motor.

O lote recua no espelho retrovisor, e Caleb interrompe o silêncio me dizendo que pegou Abby na estação de trem há três horas. Ele olha para mim e sorri.

— Ela está ansiosa para te conhecer.

Percebo que Caleb não me contou muito sobre como as coisas estão entre eles. É melhor agora que ela está com o pai? As coisas ficam tensas quando ela volta?

— Minha mãe também está ansiosa para te conhecer — diz ele. — Ela está me perturbando com isso desde que eu te conheci.

— Sério? — Não consigo esconder meu sorriso. — Desde que nos conhecemos?

Ele dá de ombros como se não fosse nada, mas o sorriso o entrega.

— Talvez eu tenha mencionado uma certa garota no lote depois que levei nossa árvore para casa.

Me pergunto o que ele poderia ter dito ao meu respeito, já que eu não tenho nenhuma covinha digna de empolgação.

A casa dele fica a três minutos de carro da estrada. Quando entramos em uma área residencial, percebo que ele está cada vez mais nervoso. Não sei se é sua irmã ou sua mãe ou se sou eu, mas ele está arrasado quando paramos no meio-fio. A casa tem dois andares, mas é estreita. Uma árvore de Natal na janela da frente tem luzes coloridas acesas e uma estrela dourada no topo.

— O negócio é que — diz ele — eu nunca trouxe ninguém para casa desse jeito.

— De que jeito? — pergunto.

Ele desliga o motor e olha para a casa, depois para mim.

— Como você classificaria o que estamos fazendo? Estamos namorando, estamos...?

Seu nervosismo é adorável.

— Pode parecer chocante ouvir isso de mim — digo —, mas às vezes não precisamos definir tudo.

Ele olha para o espaço entre nós. Espero que ele não ache que estou recuando.

— Não vamos nos preocupar em encontrar uma palavra para nós — digo. — Estamos juntos.

— *Juntos* é bom — diz ele, mas seu sorriso é sutil. — Estou mais preocupado com o tempo que nos resta.

Penso na mensagem de texto que enviei ontem à noite, desejando boa sorte a Rachel na apresentação de hoje à noite. Ela ainda não respondeu. Liguei para Elizabeth, mas ela também não retornou a ligação.

Ele tem razão em estar preocupado. *Eu* estou preocupada. Por quanto tempo alguém pode estar em dois lugares ao mesmo tempo?

Ele abre a porta.

— Acho bom começarmos logo.

Chegamos ao degrau da frente e ele pega a minha mão. Suas palmas estão suando, e seus dedos estão inquietos. Esse não é o cara tranquilo e calmo que conheci naquele primeiro dia. Ele solta a minha mão para esfregar as palmas na calça jeans. Em seguida, abre a porta.

— Eles chegaram! — grita uma voz do andar de cima.

Abby desce pulando os degraus, parecendo muito mais confiante e bonita do que eu quando estava no primeiro ano. O mais fofo é que ela e Caleb têm covinhas iguais. Mordo a bochecha para evitar enfatizar isso, porque tenho certeza que eles já perceberam. Quando chega à base, ela estende a mão. Pelo breve instante em que nossas mãos se tocam, minha mente revive tudo o que imaginei ter acontecido naquele dia entre ela e Caleb.

— É um grande prazer finalmente te conhecer— diz ela. Seu sorriso é tão gentil e genuíno quanto o do irmão. — Caleb falou tanto de você... Parece que estou conhecendo uma celebridade!

— Eu... — Não sei o que dizer. — Ah, que bom! É um grande prazer te conhecer também.

A mãe de Caleb sai da cozinha com um sorriso semelhante, mas sem covinhas. À primeira vista, pela postura, parece mais reservada que os filhos.

— Não deixe Caleb manter você na porta — diz ela. — Entre! Espero que você goste de lasanha.

Abby gira no corrimão a caminho da cozinha.

— Também espero que você consiga comer muito — diz ela.

A mãe de Caleb observa Abby entrar na cozinha. Ela continua olhando nessa direção mesmo depois que a filha está fora da visão. Em certo momento, ela abaixa a cabeça, depois se vira na nossa direção. Mais para si mesma, ela diz:

— É bom quando ela está em casa.

Com essas palavras, me sinto inundada pela sensação de que eu não deveria estar aqui. A família merece compartilhar a primeira noite sem uma desconhecida para roubar a atenção deles. Olho de relance para Caleb, e ele deve perceber que eu preciso conversar.

— Vou mostrar a casa pra Sierra antes do jantar — diz ele. — Algum problema?

A mãe dele acena para nos dispensar.

— A gente coloca a mesa.

Ela entra na cozinha, onde Abby está puxando uma pequena mesa da parede. Ela toca no cabelo da filha ao passar, e meu coração se parte.

Sigo Caleb até a sala de estar. As cortinas marrom-escuras estão puxadas, emoldurando a árvore de Natal.

— Está tudo bem? — pergunta ele.

— Sua mãe tem tão pouco tempo com vocês dois juntos — digo.

— Você não está interrompendo nada — diz ele. — Quero que você conheça as duas. Isso também é importante.

Ouço a mãe de Caleb e Abby conversando na cozinha. As vozes parecem animadas. Elas estão muito felizes por estarem juntas. Quando olho para Caleb, ele está encarando a árvore, com os olhos incrivelmente tristes.

Dou um passo em direção à árvore e observo os enfeites. Dá para saber muita coisa pelos enfeites na árvore de uma família. Esta tem uma mistura de coisas que ele e Abby devem ter feito quando eram pequenos, além de alguns enfeites sofisticados vindos do mundo todo.

Toco em uma Torre Eiffel cintilante.

— Sua mãe visitou todos esses lugares?

Ele aponta para uma esfinge com chapéu de Papai Noel.

— Você sabe como começam as coleções. Uma amiga traz um enfeite do Egito, outra amiga o vê na nossa árvore e traz algo da sua viagem.

— Ela tem amigas viajantes — digo. — Ela também viaja?

— Não desde a separação — diz ele. — No começo, era porque não tínhamos dinheiro suficiente.

— E depois?

Ele olha para a cozinha.

— Quando um filho decide ir embora, acho que é mais difícil deixar o outro, mesmo que seja por pouco tempo.

Toco em um enfeite que suponho ser a Torre de Pisa, e ela balança de um lado para o outro da árvore.

— Você não poderia ir com ela?

Ele ri.

— E agora voltamos à questão do dinheiro.

Caleb me leva ao andar de cima para ver seu quarto. Ele caminha na minha frente pelo corredor estreito em direção a uma porta aberta na outra ponta, mas minhas pernas param de repente em uma porta fechada pintada de branco. Eu me aproximo, e minha respiração fica presa. Uma série de marcas de corte na altura dos olhos. Instintivamente, eu as sinto com a ponta dos dedos.

Ouço a respiração de Caleb apressada. Olho e o vejo me observando.

— A porta era pintada de vermelho — diz ele. — Minha mãe tentou lixar e pintar por cima para ficarem menos óbvias, mas... Estão todas aí.

O que aconteceu naquela noite agora parece tão real. Agora eu sei que ele saiu correndo da cozinha e subiu um lance de escadas. Sua irmã gritou atrás dessa porta, enquanto Caleb estava bem aqui, golpeando-a repetidamente com a lâmina de uma faca. Caleb — mais gentil que qualquer pessoa que já conheci — foi atrás de Abby com uma faca. E ele fez isso enquanto seu melhor amigo assistia. Não consigo juntar essa versão dele com a que está me observando agora.

Da entrada do seu quarto, sua expressão está em algum lugar entre preocupação e vergonha. Quero dizer que não estou assustada, abraçá-lo e tranquilizá-lo. Mas não consigo.

A mãe dele chama do andar de baixo:

— Vocês dois estão prontos para comer?

Nossos olhos não se desgrudam. A porta do quarto dele está aberta, mas não vou entrar lá. Neste momento, não. Agora, precisamos voltar ao normal, ou o mais perto disso que conseguirmos, pela sua mãe e por Abby. Ele passa por mim, deixando os dedos roçarem na minha mão, mas não a pega. Dou mais uma olhada na porta da sua irmã e depois o sigo escada abaixo.

Há pratos coloridos de cerâmica pendurados nas paredes da cozinha. Uma pequena mesa no centro está arrumada para nós quatro. Apesar de nossa cozinha em casa ser maior que a deles, esta parece mais aconchegante.

— A mesa normalmente não fica no meio da cozinha — diz sua mãe, de pé ao lado da cadeira —, mas geralmente não somos muitos.

— Sua cozinha é bem mais espaçosa do que o trailer onde estou morando. — Estendo os braços. — Eu estaria no banheiro e no micro-ondas ao mesmo tempo se fizesse isso.

A mãe ri e vai até o fogão. Quando ela abre a porta do forno, o ambiente se enche com o delicioso aroma de queijo derretido, molho de tomate e alho.

Caleb puxa uma cadeira para mim, e eu agradeço enquanto sento. Ele senta na cadeira à minha direita, mas depois se levanta com um pulo e puxa a cadeira para a irmã também. Abby ri e dá um soco nele, e dá para perceber, pela maneira tranquila como ela fica perto dele, que ela realmente deixou o passado para trás.

A mãe de Caleb traz uma travessa de lasanha para a mesa e a coloca no meio. Quando senta, ela apoia um guardanapo sobre o colo.

— Aqui cada um se serve, Sierra. Pode se servir primeiro.

Caleb alcança a espátula.

— Pode deixar. — Ele me serve um pedaço enorme de lasanha, com queijo escorrendo, depois faz o mesmo para Abby e a mãe.

— Você esqueceu de se servir — digo.

Caleb olha para o prato vazio e corta um pedaço para si. Abby coloca um cotovelo sobre a mesa, cobrindo um sorriso enquanto observa o irmão.

— Quer dizer que você está no primeiro ano? — digo. — Está gostando do ensino médio até agora?

— Ela está se saindo muito bem — diz Caleb. — Quero dizer, você está, certo?

Inclino a cabeça e olho para ele. Talvez ele sinta necessidade de provar que está tudo bem depois do nosso momento na porta do andar de cima.

Abby balança a cabeça para ele.

— Sim, querido irmão, está tudo fantástico. Estou feliz, e é uma boa escola.

Viro para ela e sorrio.

— Caleb é um pouco superprotetor?

Ela revira os olhos.

— Ele é tipo a polícia da felicidade, sempre ligando para garantir que a minha vida está indo bem.

— Abby — diz a mãe de Caleb —, vamos ter um jantar agradável, está bem?

— Era isso o que eu estava tentando fazer — diz Abby.

A mãe de Caleb olha para mim, mas seu sorriso parece ansioso. Ela se vira para Abby.

— Acho que não precisamos falar de certas coisas quando temos convidados.

Caleb coloca a mão sobre a minha.

— Mãe, ela só estava respondendo a uma pergunta.

Dou um aperto na mão de Caleb e olho para Abby. Seus olhos estão abaixados.

Depois de um bom minuto comendo em silêncio, a mãe começa a fazer perguntas sobre como é viver em uma fazenda de árvores de Natal. Abby fica admirada com a quantidade de terra que possuímos quando tento descrever como é. Eu quase digo que ela deveria nos visitar, mas tenho certeza que qualquer resposta levaria a mais um silêncio constrangedor. Toda a família parece chocada quando falo sobre o helicóptero do tio Bruce e como eu engancho as árvores enquanto ele está no ar.

A mãe de Caleb alterna o olhar entre ele e Abby.

— Não consigo me imaginar deixando um de vocês fazer isso.

Caleb finalmente parece estar relaxando. Compartilhamos histórias sobre as árvores que entregamos, e ele fala sobre algumas que entregou sozinho. Sempre que Caleb fala, percebo que a mãe olha para Abby. Será que ela se pergunta, enquanto Abby escuta as histórias, como seria se eles ainda estivessem crescendo juntos? Quando digo a eles que foi ideia minha levar biscoitos caseiros para as famílias, pego a mãe de Caleb piscando para ele, e meu coração acelera um pouco. Quando acabamos de comer, ninguém se mexe para sair da mesa.

Mas aí Abby fala sobre comprar uma árvore com o pai. A mãe deles recolhe os pratos, e Abby começa a falar diretamente comigo. Mantenho seu olhar, mas consigo ver Caleb olhando as próprias mãos sobre a mesa enquanto a mãe coloca as coisas na máquina de lavar louça.

A mãe fica afastada da mesa até a história de Abby ter terminado. Ela, então, traz um prato cheio de petiscos de cereal de arroz assados com confeitos vermelhos e verdes. Abby me pergunta se é difícil ficar longe de casa e de todas as minhas amigas durante um mês inteiro todos os anos. Todos pegamos um petisco, e eu penso na pergunta.

— Sinto falta das minhas amigas — digo —, mas é assim desde que eu nasci. Acho que, quando você cresce de um jeito, é difícil sentir falta de como as coisas poderiam ser, sabe?

— Infelizmente — diz Caleb —, no caso de Abby, nós sabemos como as coisas poderiam ser diferentes.

Seguro o braço dele.

— Não foi isso o que eu quis dizer.

Caleb deixa a sobremesa de lado.

— Quer saber, estou exausto. — Ele olha para mim, com um brilho de mágoa nos olhos. — Não devemos preocupar seus pais.

É como se um balde de água gelada caísse sobre mim.

Caleb se levanta, evitando os olhos de todos, e empurra sua cadeira. Eu me levanto entorpecida. Agradeço à mãe dele e a Abby pelo ótimo jantar, e sua mãe olha para o prato. Abby balança a cabeça para Caleb, mas nenhuma palavra precisa ser dita. Ele vai em direção à porta da frente, e eu o sigo.

Saímos para a noite fria. Na metade do caminho, pego o braço de Caleb e faço ele parar.

— Eu estava me divertindo lá dentro.

Ele não olha nos meus olhos.

— Eu vi para onde as coisas estavam indo.

Quero que ele me olhe, mas ele não consegue. Fica parado ali, com os olhos fechados, passando a mão nos cabelos. Em seguida, vai até a caminhonete e entra. Entro pelo meu lado e fecho a porta. Ele está com a chave na ignição, mas ainda não a girou, o olhar fixo no volante.

— Parece que está tudo bem com Abby — digo. — Sua mãe sente saudade dela, obviamente, mas a pessoa que parecia mais desconfortável lá dentro era você.

Ele dá partida na caminhonete.

— Abby me perdoou, e isso ajuda. Mas eu não consigo me perdoar por tudo o que tirei da minha mãe. Isso foi perdido por minha causa, e é difícil esquecer com Abby sentada bem ali e você falando de casa.

Ele coloca a caminhonete em movimento, vira na direção oposta, e nós dois ficamos em silêncio durante todo o caminho até o lote. O lote ainda está aberto quando paramos no estacionamento. Vejo vários clientes pesquisando e meu pai carregando uma árvore recém-flocada para a Tenda. Se esta noite tivesse sido do jeito que eu esperava, teríamos voltado quando o lugar estivesse fechado. Ficaríamos sentados na caminhonete, conversando sobre a bela noite que tivemos e, talvez, finalmente nos beijássemos.

Em vez disso, ele para em um ponto mal iluminado do estacionamento e eu saio. Caleb fica no banco do motorista, as mãos grudadas no volante. Fico parada do lado de fora da minha porta aberta, olhando para ele.

Ele ainda não consegue me olhar.

— Sinto muito, Sierra. Você não merece isso. Quando te vejo aqui, Andrew está por perto. E você viu como é a minha casa. Não podemos nem ir ao mercado sem um drama. Isso não vai mudar no tempo que nos resta.

Não consigo acreditar no que ele está dizendo. Ele nem consegue me olhar para dizer isso.

— E, mesmo assim, ainda estou aqui — digo.

— É demais. — Agora ele me olha nos olhos. — Odeio que você veja tudo.

Meu corpo parece fraco, e eu encosto na porta para me equilibrar.

— Você disse que eu valia a pena. Eu acreditei.

Ele não responde.

— O que dói mais — digo — é que você também vale a pena. Até você perceber que isso é tudo o que importa, sempre vai ser demais.

Ele encara o volante.

— Não posso mais fazer isso — diz ele, baixinho.

Espero ele retirar o que disse. Ele não sabe tudo o que eu fiz para defendê-lo. Com Heather. Meus pais. Jeremiah. Eu até deixei minhas amigas de casa com raiva para poder estar com ele. Mas, se ele soubesse, isso só o magoaria ainda mais.

Saio sem fechar a porta e caminho até o trailer sem olhar para trás. Deixo as luzes internas apagadas, caio na cama e abafo meus gritos no travesseiro. Quero falar com alguém, mas Heather saiu com Devon. E, pela primeira vez, não posso ligar para Rachel nem para Elizabeth.

Abro a cortina acima da minha cama e olho para fora. A caminhonete não saiu. A porta do passageiro ainda está aberta. A cabine tem luz suficiente para eu ver que a cabeça dele está baixa, os ombros sacudindo muito.

Quero desesperadamente correr lá para fora e me fechar na caminhonete ao lado dele. Mas, pela primeira vez desde que o conheci, não confio nos meus instintos. Quando ouço a caminhonete sair, repasso tudo o que aconteceu até este momento.

Então, eu me recomponho e me levanto. Saio para o lote, me obrigando a ficar em qualquer lugar que não seja presa na minha mente. Ajudo várias famílias e sei que minha felicidade parece fingida, mas estou tentando. No entanto, chega uma hora em que não consigo mais tentar e volto para o trailer.

No meu telefone, há duas mensagens na caixa postal. A primeira é de Heather.

— Devon me deu meu dia perfeito! — diz ela, quase animada demais para eu aguentar neste momento. — E ainda nem é Natal! Ele me levou ao topo do Cardinals Peak para jantar, você acredita? Ele estava ouvindo!

Quero ficar animada por ela. Ela merece. Em vez disso, sinto inveja de como as coisas podem ser fáceis para eles.

— Falando nisso — diz ela —, suas árvores estão ótimas lá em cima. Nós verificamos.

Mando uma mensagem de texto para ela: **Fico feliz por você manter Devon por mais um tempo.**

Ela manda uma mensagem de texto em resposta: **Ele conquistou o caminho até o ano-novo. Mas ele tem que parar com essa conversa de futebol americano imaginário se quiser chegar até o domingo do Super Bowl. Como foi o jantar?**

Não respondo.

Quando começo a tocar a segunda mensagem de voz, de Caleb, há uma longa pausa antes de ele falar alguma coisa.

— Me desculpe — diz ele. Há uma pausa ainda mais longa, e o silêncio é cheio de dor. Ele está sofrendo há muito tempo. — Por favor, me perdoe. Estraguei tudo de um jeito que eu nunca esperava. Você vale a pena, Sierra. Posso passar aí no caminho para igreja amanhã? — Seguro o telefone apertado no ouvido, escutando mais uma pausa. — Eu te ligo de manhã.

Há muitos motivos pelos quais a próxima semana não vai ser fácil para nós. É provável que fique ainda pior a cada dia que nos aproximamos do Natal — da minha partida.

Mando uma mensagem de texto para ele: **Não precisa ligar. Apareça aqui.**

Dezessete

Há uma batida na porta do nosso trailer na manhã seguinte. Eu a abro enquanto Caleb está prestes a bater de novo; sua outra mão estende um copo de café descartável com tampa para mim. É um gesto adorável de um cara cujos olhos parecem tão tristes e cujos cabelos não foram penteados.

Em vez de "oi", ele diz: — Eu fui horrível.

Desço até a altura dele e aceito a bebida.

— Você não foi horrível — digo. — Talvez um pouco grosso com Abby e sua mãe...

— Eu sei — diz ele. — E, quando cheguei em casa, Abby e eu tivemos uma longa conversa. Você estava certa. Ela está mais tranquila com tudo do que eu. Conversamos sobre nossa mãe e como podemos tornar isso mais fácil para ela também.

Tomo o primeiro gole do mocaccino de hortelã.

Ele se aproxima.

— Depois que ela e eu conversamos, fiquei acordado o resto da noite pensando. Meu problema não diz mais respeito a resolver as coisas com Abby ou com minha mãe.

— Diz respeito a você — digo.
— Não dormi na noite passada pensando nisso — diz ele.
— A julgar pelo seu cabelo, eu acredito em você — digo.
— Pelo menos, eu troquei a camisa.

Olho para ele de cima a baixo. A calça jeans está amassada, mas a camisa social marrom de manga comprida me agrada.

— Não posso folgar a manhã toda — digo —, mas posso andar com você até a igreja?

A igreja não fica longe, mas é uma subida leve na maior parte do caminho. O peso restante da noite passada se dissolve ainda mais a cada esquina que viramos. Ficamos o tempo todo de mãos dadas para nos mantermos próximos enquanto conversamos. De vez em quando, ele passa o polegar para cima e para baixo do meu, e eu retribuo.

— Fomos à igreja algumas vezes quando eu era pequena — digo. — Principalmente com meus avós nas festas natalinas. Mas minha mãe ia o tempo todo enquanto crescia.

— Tento ir toda semana — diz ele. — Aos poucos, minha mãe também está voltando.

— Quer dizer que às vezes você vai sozinho? — pergunto.
— Você ficou ofendido quando eu disse que não ia?

Ele ri.

— Talvez se você dissesse que ia porque achava que isso te fazia parecer boazinha. Eu poderia considerar *isso* ofensivo.

Nunca tive uma conversa sobre igreja com as minhas amigas. Parece que seria desconfortável com alguém de quem eu gosto tanto e que eu quero que goste de mim, mas não é.

— Quer dizer que você é um fiel? — digo. — Sempre foi?
— Acho que sim. Mas sempre tive muitas perguntas que algumas pessoas têm medo de admitir. Isso me dá algo em que pensar à noite. Algo além de uma garota à qual estou ligado.

Sorrio para ele.

— Essa é uma resposta muito sincera.

Viramos em uma rua lateral e é aí que vejo a igreja branca com campanário. A visão me dá a impressão de que tenho permissão para vislumbrar um lado muito pessoal dele. Esse cara que conheci há algumas semanas vem aqui todo domingo, e agora estou andando até lá com ele, de mãos dadas.

Paramos para deixar um carro entrar no estacionamento, que está enchendo rapidamente. Alguns homens de meia-idade usando coletes reflectivos laranja orientam os carros para as vagas remanescentes. Caleb e eu caminhamos em direção a duas portas de vidro entalhadas com uma grande cruz de madeira acima. Do lado de fora, há uma fila de vários homens e mulheres, jovens e velhos, cumprimentando as pessoas que entram no saguão. Em pé na lateral, provavelmente esperando Caleb chegar, estão sua mãe e Abby.

— Sierra! — Abby vem pulando até mim. — Estou tão aliviada de te ver. Tive medo de meu irmão idiota ter te assustado ontem à noite.

Caleb lança um sorriso sarcástico para ela.

— Ele levou um mocaccino de hortelã para mim — digo. — É difícil dizer não para isso.

Um dos recepcionistas atrás deles verifica o celular e logo eles estão entrando, fechando as portas de vidro.

— Parece que está na hora de entrar — diz a mãe de Caleb.

— Na verdade — diz Caleb —, Sierra tem que voltar.

— Eu queria poder ficar — digo. — Mas os domingos são movimentados, ainda mais na semana anterior ao Natal.

A mãe de Caleb aponta um dedo para ele.

— Uma coisa que eu quase esqueci. Você acha que pode desaparecer hoje à tarde?

Caleb olha para mim, confuso, depois de volta para a mãe.

— Vou receber uma entrega e estou tentando mantê-la escondida de você. E este ano estou decidida a não te deixar estragar tudo. — Ela se vira para mim. — Quando ele era pequeno, eu tinha que guardar os presentes no trabalho, porque ele procurava em todos os esconderijos em casa.

— Isso é horrível! — digo. — Meus pais podiam guardar o meu no quarto deles, e eu fazia de tudo para não entrar lá. Por que eu ia querer ver acidentalmente o que vou ganhar?

Caleb ignora minha inocência e desafia a mãe.

— Você realmente acha que não consigo descobrir essa entrega?

— Querido... — Ela dá um tapinha no braço dele. — Foi por isso que eu falei na frente da Sierra. Espero que ela te ensine a valorizar a expectativa.

Ah, eu tenho muita expectativa com esse garoto.

— Estou de olho em você — digo para Caleb.

— Encontre alguma coisa para fazer até a hora do jantar — diz a mãe dele.

Caleb olha para a irmã.

— Parece que eu tenho que desaparecer hoje à tarde. O que vamos fazer, pequena Abby?

— Descubram agora ou mais tarde — diz a mãe —, mas eu vou entrar. Não quero sentar no balcão, como na última vez. — Ela me dá um abraço e entra na igreja.

Abby diz a Caleb para me dar um folheto da missa à luz de velas na Noite de Natal. Ela diz:

— Você deveria vir conosco. É lindo demais.

Caleb me pede para esperar aqui, e eu o observo correndo em direção às portas de vidro.

Abby me olha direto nos olhos.

— Meu irmão gosta de você — diz ela, rapidamente. — Tipo, gosta de você *de verdade*.

Meu corpo todo lateja.

— Sei que você não vai ficar aqui muito mais tempo — continua ela —, então, eu queria que você soubesse disso, no caso de ele estar agindo como um garoto em relação aos próprios sentimentos.

Não sei como responder, e Abby ri do meu silêncio.

Caleb sai com um folheto vermelho na mão. Ele me oferece, mas eu levo um instante para deixar de encarar os olhos dele. No lado impresso, há um desenho de uma vela acesa cercada por uma guirlanda e informações sobre a missa.

— Hora de entrar — diz Abby. Ela entrelaça o braço no de Caleb e os dois entram.

É, digo para mim mesma, *eu também gosto do seu irmão. Tipo, gosto dele de verdade.*

Dezoito

Na manhã de segunda-feira, ligo para Elizabeth para saber como foi o espetáculo da Rachel.

— Ela se saiu bem — diz Elizabeth. — Mas você deveria perguntar para ela.

— Eu tentei! — digo. — Eu liguei, mandei mensagem. Vocês estão me dando um gelo.

— Porque você preferiu um cara a ela, Sierra. Nós entendemos que você gosta dele. Ótimo. Mas, sinceramente, você não vai ficar aí para sempre — diz ela. — Então, sim, Rachel está chateada com você. Mas ela também não quer te ver sofrer, com o coração partido.

Fecho os olhos enquanto escuto. Mesmo quando estão com raiva de mim, elas ainda se importam. Resmungo, virando na minha cama minúscula.

— Isso é ridículo. De verdade. É um relacionamento que não pode ir a lugar nenhum. Nós ainda nem nos beijamos!

— Sierra, é época de Natal. Coloca uma porcaria de visco sobre a cabeça dele e beija logo o cara!

— Você pode me fazer um favor? — pergunto. — Pode passar na minha casa? Na minha cômoda, tem o corte da minha primeira árvore de Natal. Você pode me mandar pelo correio?

Elizabeth suspira.

— Eu só quero mostrar para ele — digo. — Ele é tradicionalista, acho que ele iria adorar ver isso antes de eu...

Eu me interrompo. Se eu falar, vou ficar obcecada com isso o resto do dia.

— Antes de você ir embora — completa Elizabeth. — Isso vai acontecer, Sierra.

— Eu sei. Fique à vontade para dizer que estou sendo burra.

Ela não responde por muito tempo.

— O coração é seu. Ninguém mais pode dar opinião.

Às vezes, parece que nem a dona do coração pode fazer isso.

— Mas você provavelmente deveria beijar o cara antes de tomar qualquer decisão mais importante — diz ela. — Se ele for horrível, vai ser muito mais fácil ir embora.

Dou uma risada.

— Sinto tanta saudade de vocês duas.

— Também sentimos saudade de você, Sierra. Nós duas. Vou tentar acalmar as coisas com a Rachel. Ela só está frustrada.

Caio de novo na minha cama.

— Sou uma traidora do código das meninas.

— Não se torture por isso — diz Elizabeth. — Está tudo bem. Só estamos sendo egoístas em relação a dividir você, mais nada.

Antes de começar a trabalhar, sento diante do notebook e gravo um vídeo de mim mesma descrevendo — em francês — tudo o que aconteceu desde que saí de casa, de plantar minha árvore no Cardinals Peak a andar com Caleb até a igreja. Mando o vídeo para Monsieur Cappeau para compensar todos os telefonemas que perdi.

Pego uma maçã e vou até a Tenda para ajudar minha mãe. Estamos nas férias de inverno da maioria das escolas e, como os procrastinadores das árvores estão ficando sem tempo, o lote deve ficar movimentado o dia todo. Nos anos anteriores, trabalhei dez horas por dia nesta semana, mas minha mãe disse que eles contrataram mais alguns alunos para ajudar, para eu poder ter mais tempo para mim.

Trabalhando lado a lado com ela, reabastecemos os suprimentos quando não estamos ajudando os clientes. Meu pai traz de carrinho mais duas árvores pulverizadas com neve falsa. Em uma pausa entre os clientes, nós três nos reunimos na estação de bebidas. Misturo um mocaccino de hortelã barato e digo a eles que vou fazer mais biscoitos para entregar junto com as próximas árvores de Caleb.

— Isso é ótimo, querida — diz meu pai, mas, em vez de olhar para mim, ele olha para fora da Tenda. — Preciso verificar os funcionários.

Minha mãe e eu o observamos se afastar.

— Acho que isso é melhor do que ele fincar o pé — digo. Meu pai assumiu a abordagem de "esperar para ver" no meu relacionamento com Caleb.

Pelo lado positivo, depois de testemunhar meu confronto com Andrew, meu pai disse a ele para me pedir desculpas. Em vez de fazer isso, ele resolveu se demitir.

Minha mãe bate a caneca dela na minha.

— Talvez Caleb guarde algumas gorjetas e compre um presente de Natal para você também.

Quando minha mãe toma um gole do café, digo a ela:

— Estou pensando em dar a ele o corte da minha primeira árvore.

Seu silêncio é ensurdecedor, então, eu levo a caneca da Páscoa até os lábios enquanto espero. Do lado de fora da Tenda, vejo Luis carregando uma árvore até o estacionamento. Tomo outro gole, me perguntando por que ele está aqui, se já tem uma árvore.

Quando olho para trás, minha mãe diz:

— É um presente perfeito para alguém como Caleb.

Deixo minha caneca de lado e a abraço enquanto ela tenta evitar derramar a bebida em nós.

— Obrigada por não ser esquisita com ele, mãe.

— Eu confio no seu julgamento. — Ela deixa a caneca de lado e segura os meus ombros, me olhando nos olhos. — Seu pai também. Acho que ele simplesmente decidiu esperar até irmos embora de novo.

Por cima do ombro dela, vejo Luis voltar para o lote usando luvas de trabalho. Eu o aponto para minha mãe.

— Aquele é Luis — digo. — Eu conheço ele.

— É um dos alunos que contratamos. Seu pai disse que ele é um bom trabalhador.

No intervalo seguinte entre clientes, esquento o mocaccino com um pouco de café comum. Uma voz atrás de mim diz:

— Quer fazer um para mim, já que está aí?

— Depende. — Viro para Caleb. — O que vai fazer para mim?

Ele coloca a mão no bolso da jaqueta e tira um chapéu verde de árvore de Natal de tricô com enfeites de feltro e uma estrela amarela fofinha. Ele o coloca na cabeça.

— Eu ia guardar isso para mais tarde, mas, já que temos um mocaccino em jogo, vou colocá-lo agora.

— Por quê? — pergunto, rindo.

— Comprei em uma loja de segunda mão hoje de manhã — diz ele. — Estou no espírito de alfaiataria completa da estação.

Minha boca se abre.

— Nem *eu* sei o que isso significa.

Ele dá um sorriso com covinha e ergue uma sobrancelha.

— *Alfaiataria?* Estou chocado. Talvez você devesse colocar um app de vocabulário no seu celular, como eu fiz. Tem uma palavra nova todo dia, e você ganha pontos cada vez que a usa.

— Mas você a usou corretamente? — pergunto.

— Acho que sim — diz ele. — É um substantivo. Alguma coisa relacionada a roupas.

Balanço a cabeça, querendo rir e ao mesmo tempo arrancar essa coisa horrível dele.

— A palavra *alfaiataria* te dá direito a duas bengalas doces.

Caleb se oferece para ajudar a assar os biscoitos em sua casa, e minha mãe diz para nos divertirmos. Na verdade, ela diz para eu me divertir sem pedir ao meu pai, e esse é um conselho maternal que vou aceitar.

— Abby falou que adoraria se juntar a nós — diz Caleb quando entramos na sua caminhonete. — Você também pode convidar Heather.

— Acredite se quiser, Heather está preparando freneticamente um presente para Devon — digo. — Meu palpite é que vai ser um suéter de Natal.

Caleb abre a boca fingindo estar horrorizado.

— Será que ela faria isso?

— Totalmente — digo. — Ela também vai comprar alguma coisa boa para ele, mas, se eu conheço Heather, ela vai dar o suéter primeiro para ver como ele reage.

Depois de comprarmos os ingredientes, Caleb me conduz até dentro da sua casa, cada um de nós carregando uma sacola de ingredientes. Abby está no sofá digitando rapidamente no celular.

Sem levantar os olhos, ela diz:

— Me junto a vocês em um minuto. Tenho que garantir que os meus amigos não pensem que eu sumi. E tira esse chapéu ridículo, Caleb.

Caleb coloca o chapéu de tricô na mesa da cozinha. Ele já separou tabuleiros, colheres medidoras, xícaras e uma tigela de cerâmica para misturar a massa.

— Você vai me mandar mensagens assim do Oregon — diz ele —, para eu saber que você não sumiu?

Minha risada sai parecendo forçada e é. Em menos de uma semana, preciso descobrir como me despedir.

Pego os itens das sacolas de compras e os coloco na bancada.

A campainha toca, e Caleb grita para o outro cômodo:

— Você está esperando alguém?

Abby não responde, provavelmente ainda mandando mensagens de texto. Caleb revira os olhos e sai para atender a porta. Ouço ela se abrir e, depois, uma pausa.

Finalmente, Caleb diz:

— Oi. O que você está fazendo aqui?

A voz seguinte — familiar e profunda — vem da porta da frente até a cozinha.

— É assim que você fala com alguém que já foi seu melhor amigo?

Quase deixo cair uma dúzia de ovos. Não tenho ideia do que Jeremiah está fazendo aqui, mas sinto vontade de dar uma corrida de vitória ao redor da cozinha, com os braços para cima, de tão feliz.

Os dois entram, e eu mantenho meu rosto calmo.

— Oi, Jeremiah.

— Garota do lote de árvores — diz ele.

— Eu também faço outras coisas, sabe?

— Pode acreditar que sei — diz ele. — Se não fosse por você forçar a barra e se intrometer, eu provavelmente não estaria aqui.

Caleb sorri e olha de um para o outro. Nunca contei a ele que Jeremiah e Cassandra visitaram o lote.

— Bem, as coisas ainda não estão perfeitas — diz Jeremiah —, mas eu finquei pé com Cassandra e minha mãe e... Estou aqui. — Caleb vira para mim, seus olhos cheios de perguntas e gratidão tácita. Ele massageia a testa e vira para olhar pela janela da cozinha.

Começo a colocar os ingredientes de volta nas sacolas. Este momento não diz respeito a mim.

— Vocês precisam conversar. Vou levar tudo para a casa da Heather.

Ainda encarando a janela, Caleb começa a me dizer que não tenho que ir embora, mas eu o interrompo.

— Converse com o seu amigo — digo, sem nem tentar esconder meu sorriso. — Já faz um tempo.

Quando viro, com as sacolas de ingredientes embaladas, Caleb está me olhando com puro amor.

— Vamos nos encontrar mais tarde — digo.

— Sete horas está bom? — pergunta ele. — Tem uma coisa que eu quero que você veja.

Dou um sorriso.

— Estou ansiosa por isso.

Quando chego à porta da frente, ouço Jeremiah dizer:

— Senti sua falta, cara.

Meu coração cresce, e eu respiro fundo antes de abrir a porta.

※

Depois de entregarmos a última árvore junto com uma lata de biscoitos de Natal, Caleb e eu dirigimos enquanto ele me atualiza sobre o reencontro com Jeremiah.

— É difícil dizer quando vamos sair juntos de novo — diz Caleb —, porque ele tem outros amigos agora, e eu tenho os meus. Mas vai acontecer, e isso é meio que incrível. Achei que nunca mais iríamos sair juntos de novo.

— Isso *é* incrível — digo.

Paramos em frente à casa de Caleb, e ele se vira para mim.

— É por sua causa — diz ele. — Você é incrível.

Quero que este momento dure, nós dois na caminhonete sentindo gratidão um pelo outro. Em vez disso, ele abre a porta, deixando o ar fresco entrar.

— Vem — diz ele e sai.

Ele vai até a calçada, e eu sacudo o nervosismo dos meus dedos antes de abrir a porta. Quando saio, esfrego as mãos para aquecê-las, e ele pega a minha mão e começamos a andar.

Ele me conduz por quatro casas vizinhas e viramos a esquina para entrar em um beco. A entrada do beco é iluminada por um único poste. O solo é um asfalto áspero com um canal de concreto liso no meio.

— Chamamos isso aqui de Beco da Garagem — diz ele.

Quanto mais entramos no beco, mais a luz do poste fica fraca. Dos dois lados, entradas curtas levam a garagens. Cercas altas de madeira ao redor dos quintais ocultam a maior parte das luzes das casas. Eu quase perco o equilíbrio no canal, mas Caleb agarra meu braço.

— É meio assustador aqui — digo.

— Espero que você esteja pronta — diz ele —, porque estou prestes a te decepcionar muito. — Ele tenta fazer o rosto sombrio parecer sério, mas consigo ver um leve sorriso.

Paramos onde o beco encontra a entrada de carros da casa dele, e ele vira os meus ombros para a garagem. A grande porta de metal fica quase toda escondida na sombra da saliência do telhado. Ele pega a minha mão e me puxa. Um sensor de movimento sobre a porta clica uma lâmpada anexada.

— Minha mãe te avisou que sou terrível com surpresas — diz ele.

Empurro o ombro dele.

— Você não fez isso!

Ele ri.

— Não de propósito! Desta vez, não. Tive que pegar cabos elásticos na garagem, e meu presente estava bem ali.

— Você estragou a surpresa da sua mãe?

— Foi culpa dela! — diz ele. — Estava bem aqui! Mas acho que você vai ficar feliz, porque agora posso compartilhar isso com você. Mas você não vai contar para ela, certo?

Não consigo acreditar nisso. Ele está agindo como uma criancinha, e isso é muito fofo para ser irritante.

— Me mostre o que é — digo.

Dezenove

A luz do sensor de movimento continua acesa, e Caleb vai até uma caixa de controle montada ao lado da porta da garagem. Ele levanta uma portinhola de plástico articulada, que cobre um teclado numérico.

— Quando éramos pequenos — diz ele, o dedo pairando sobre o primeiro número —, todo ano eu pedia o mesmo presente para o Papai Noel. Alguns dos meus amigos tinham um e eu morria de inveja, mas nunca consegui ganhar. Depois de um tempo, desisti e parei de pedir, e acho que todos pensaram que eu tinha superado. Mas não.

Seu sorriso está radiante.

— Me mostre! — digo.

Os dedos de Caleb digitam um código de quatro dígitos, e ele fecha a portinhola. Ele recua, e a porta da garagem começa se abrir devagar.

Tenho quase certeza de que ele não pediu um conversível quando criança, embora isso fosse deixar a noite de hoje muito divertida. Quando a porta está na metade, eu me abaixo para espiar lá dentro. Há luz suficiente para eu conseguir ver... *Uma cama-elástica?* Eu me apoio nos joelhos de tanto rir.

— Por que isso é engraçado? — pergunta Caleb. — Pular é divertido!

Levanto o olhar, mas ele sabe exatamente por que estou histérica.

— Você realmente falou isso? "Pular é divertido"? Quantos anos você tem?

— Sou maduro o suficiente para não me importar — diz ele. Quando a porta está toda aberta, ele entra na garagem. — Vem.

Olho para as baixas vigas de madeira do teto.

— Não podemos pular aí dentro — digo.

— Claro que não. Quantos anos *você* tem? — Ele segura um lado da cama-elástica e dobra os joelhos. — Me ajude.

Alguns metros de cada vez, levamos o trampolim até a entrada de carros.

— Você não está preocupado com a possibilidade de sua mãe ouvir? — pergunto. Para mim, a animação no rosto dele faz com que essa possibilidade valha a pena. Desisto de ensinar a ele o valor da expectativa.

— É a festa de fim de ano da firma — diz ele. — Ela vai chegar tarde em casa.

— E Abby?

— Foi ao cinema com uma amiga. — Ele pisa no calcanhar dos sapatos para tirá-los e depois sobe na cama-elástica. Antes de eu tirar meu primeiro sapato, ele já está saltando como uma gazela pateta. — Pare de enrolar e suba aqui.

Tiro o segundo sapato, levanto meu corpo na borda e, em seguida, balanço meus pés com meia. Precisamos apenas de alguns minutos para desenvolver um ritmo enquanto nos rodeamos e rimos. Um sobe enquanto o outro desce. Ele salta cada vez mais alto para me dar mais elasticidade, e logo estamos pulando alto o suficiente para Caleb se empolgar e dar uma cambalhota.

É maravilhoso vê-lo tão livre e solto. Não que ele esteja sempre sério, mas isso parece diferente, como se ele estivesse recuperando algo que tinha perdido.

Apesar de sua súplica, eu me recuso a tentar dar uma cambalhota, e finalmente nós dois ficamos cansados o suficiente para fazer uma pausa. Caímos deitados de costas. O céu noturno está cheio de estrelas. Nós dois estamos respirando pesado, apenas o peito se movendo para cima e para baixo, cada vez mais devagar. Depois de um minuto parados, a luz da garagem se apaga.

— Olhe essas estrelas — diz Caleb.

A entrada de carros está escura, e a noite está muito silenciosa. Só consigo ouvir nossa respiração, alguns grilos suaves na hera e um pássaro na árvore de um vizinho distante. Então, do lado de Caleb, ouço uma mola de metal gemer.

Ficando bem parada para a luz continuar apagada, pergunto:

— O que você está fazendo?

— Me movendo muito, muito devagar — diz ele. — Quero segurar a sua mão no escuro.

Movo minha cabeça o mínimo e o mais devagar possível para olhar para a minha mão. Nossas silhuetas estão escuras contra a faixa ainda mais escura da cama-elástica. Seus dedos se aproximam aos poucos dos meus. Ainda precisando recuperar o fôlego, espero seu toque.

Uma faísca azul dispara entre nós. Eu me jogo para o lado.

— Ai!

A luz se acende, e Caleb ri histericamente.

— Sinto muito.

— Acho bom você sentir mesmo — digo. — Isso não foi nada romântico!

— Você pode me dar um choque também — diz ele. — Isso é romântico, não é?

Ainda de costas, esfrego os pés na cama-elástica e estendo a mão para o lóbulo da orelha dele. Fsst!

— Ai! — Ele segura a orelha, rindo. — Isso doeu de verdade!

Ele se levanta e esfrega as meias na superfície da cama-elástica formando um grande círculo. Eu me levanto e espelho seus movimentos enquanto nos encaramos.

— O quê? É uma batalha? — pergunto. — Manda ver.

— Pode apostar. — Ele aponta um dedo para a frente e se lança em cima de mim.

Caio para o lado e dou um choque no seu ombro.

— Duas vezes! Te peguei duas vezes.

— Está certo, chega de ser bonzinho.

Saio pulando rápido para o outro lado da cama-elástica, mas ele está logo atrás de mim, com os dedos estendidos. Observando seus pés com atenção, dou um pequeno salto para pousar assim que ele dá um passo, desequilibrando-o completamente. Ele cai para a frente, e eu dou um choque na nuca dele.

Jogo as mãos para cima.

— Te peguei!

Deitado, ele me olha com um desprezo maligno. Olho ao redor, mas não há escapatória em uma cama-elástica. Ele pula rápido para ficar de joelhos e depois de pé e me ataca. Quicamos uma vez, e ele gira para eu cair em cima dele. Minha respiração me escapa. Suas mãos se fecham nas minhas costas, me segurando com força. Levanto a cabeça o suficiente para ver seus olhos, sopro o meu cabelo do rosto dele e nós dois rimos. Lentamente, a risada para, nosso peitos e estômago subindo e descendo um contra o outro.

Ele toca o meu rosto com a mão e me guia em sua direção. Seus lábios são tão macios nos meus, adoçados com hortelã. Eu me aproximo e me perco no beijo. Deslizo para a lona, e ele rola para cima de mim. Envolvo os braços nele e nos beijamos com mais intensidade. Recuamos para recuperar o fôlego e olhar nos olhos um do outro.

Há tantas coisas pinicando no fundo da minha mente, ameaçando me tirar deste momento. Mas, em vez de me preocupar com qualquer coisa, fecho os olhos, me inclino para a frente e me permito acreditar em nós dois.

A viagem de volta ao lote é quase toda silenciosa. Eu me vejo quase hipnotizada pelo chaveiro de Caleb, balançando com a nossa foto no colo do Papai Noel. Se ao menos esta semana nunca acabasse.

Quando para no lote e estaciona, ele pega a minha mão. Olho para o trailer, e uma cortina no quarto dos meus pais balança e se fecha.

Caleb segura a minha mão com mais força.

— Obrigado, Sierra.

— Pelo quê?

Ele sorri.

— Por saltar na cama-elástica comigo.

— Ah, foi um prazer — digo.

— E por fazer com que as últimas semanas fossem as melhores que já tive.

Ele se aproxima para me beijar, e mais uma vez eu me perco no beijo. Passo meus lábios do seu maxilar até sua orelha e sussurro:

— As minhas também.

Com os rostos colados, ouvindo a respiração um do outro, não nos movemos. Depois da próxima semana, nunca mais será assim. Quero prolongar este momento e gravá-lo no meu coração para que nunca desapareça.

Quando finalmente saio da caminhonete, fico olhando as luzes traseiras até bem depois de desaparecerem.

Meu pai aparece atrás de mim.

— Isso tem que acabar, Sierra. Não quero que você saia mais com ele.

Giro em sua direção.

Ele balança a cabeça.

— Não é o negócio com a irmã dele. Não só isso. É tudo.

A sensação agradável e linda que vivi a noite toda sai de mim sangrando, substituída por um pavor intenso.

— Achei que você tinha deixado pra lá.

— Vamos embora daqui a pouco tempo — diz ele —, você sabe disso. E deve saber que está ficando apegada demais.

Não consigo encontrar a voz, nem mesmo as palavras para gritar com ele. As coisas finalmente estavam dando certo, e ele tem que estragar tudo? Não. Eu não vou deixar ele fazer isso.

— O que minha mãe acha? — pergunto.

Ele se vira levemente para o trailer.

— Ela também não quer que você sofra. — Quando não respondo, ele se vira totalmente e começa a andar de volta para o trailer apertado que costumava parecer a nossa casa.

Me volto para as árvores de Natal. Atrás de mim, ouço as botas do meu pai se arrastando nos degraus de metal e a porta se fechando depois que ele entra. Não posso entrar lá. Agora não. Então, entro no meio nas árvores, as agulhas arranhando as minhas mangas e a calça. Sento na terra fresca, onde as luzes externas não conseguem me alcançar.

Tento me imaginar novamente em casa, onde essas árvores ao meu redor cresceram, olhando para essas mesmas estrelas.

De volta ao trailer, mal consigo dormir. Quando abri as cortinas pela primeira vez, o sol ainda nem tinha nascido. Fico deitada na cama, olhando para fora, observando as estrelas desaparecerem aos poucos. Quanto mais elas somem, mais eu me sinto perdida.

Decido falar com Rachel. Não nos falamos desde que eu deixei de ir ao seu espetáculo, mas ela me conhece melhor do que ninguém, e eu simplesmente preciso dizer a ela como estou me sentindo.

Mando uma mensagem de texto pedindo desculpas. Digo que estou com saudades. Digo que ela iria adorar Caleb, mas que meus pais acham que estou ficando próxima demais dele.

Ela acaba respondendo: **Posso ajudar?**

Solto uma respiração profunda e fecho os olhos, muito agradecida por ter Rachel na minha vida.

Digo a ela: **Preciso de um milagre de Natal.**

Na longa pausa que se segue, observo o sol começando a nascer.

Ela responde: **Me dê dois dias.**

Caleb aparece no dia seguinte com um sorriso enorme, carregando um pacote embrulhado nos quadrinhos de domingo e muita fita. Atrás dele, vejo minha mãe nos observando. Embora visivelmente não esteja empolgada, ela continua atendendo um cliente.

— O que é isso? — pergunto, engolindo o medo de meu pai voltar do almoço. — Quero dizer, além de um convite para te ensinar a fazer um embrulho.

Ele me entrega.

— Só tem um jeito de descobrir.

O presente é meio mole, e quando rasgo o pacote vejo por quê. É aquele chapéu bobo de árvore de Natal de tricô que ele usou no outro dia.

— Não, acho que isso pertence a você.

— Eu sei, mas percebi que você estava com muita inveja — diz ele, sem conseguir disfarçar o sorriso. — Acho que seus invernos são muito mais frios que os nossos.

Aposto que ele acha que não vou usá-lo, e é por isso que eu o coloco imediatamente.

Ele puxa os lados para baixo sobre as minhas orelhas, depois deixa as mãos ali enquanto se inclina para me beijar. Deixo o beijo acontecer, mas fico com os lábios fechados. Quando ele não recua, eu tenho que fazer isso.

— Me desculpe — diz ele. — Eu não devia fazer isso aqui.

Ouço um pigarro atrás dele e olho por sobre seu ombro.

— Preciso que volte ao trabalho, Sierra — diz minha mãe.

Caleb, claramente envergonhado, olha para as árvores do lado de fora.

— Vou ter que fazer a limpeza dos banheiros externos?

Ninguém ri.

Ele olha para mim.

— O que está acontecendo?

Olho para baixo e vejo os sapatos da minha mãe se aproximarem.

— Caleb — diz ela —, Sierra nos contou coisas maravilhosas sobre você.

Levanto o olhar para ela, implorando para ela ser gentil.

— E eu sei como ela se sente em relação a você — diz minha mãe. Ela olha para mim, mas nem tenta sorrir. — Mas vamos embora daqui a uma semana e, muito provavelmente, não vamos voltar no próximo ano.

Não desvio os olhos dos dela, mas vejo Caleb virar para mim, e meu coração se parte. Era eu que tinha que dizer isso a ele *se* necessário e, como nada estava certo, ainda não era necessário.

— O pai dela e eu não estamos à vontade vendo esse relacionamento progredir sem que todos saibam em que pé estamos. — Ela olha para mim. — Seu pai vai voltar em um minuto. Vamos acabar com isso.

Ela sai, e eu fico sozinha com Caleb, seu rosto em uma mistura de traição e rendição.

— Seu pai não pode me ver? — pergunta ele.

— Ele acha que estamos ficando sérios demais — digo. — Você não precisa ter medo, ele só está se sentindo um pouco superprotetor.

— Superprotetor porque vocês não vão voltar?

— Isso ainda não está certo — digo. Não consigo mais olhar nos olhos dele. — Eu devia ter te falado.

— Bem, agora é sua chance — diz ele. — O que mais você não está me dizendo?

Uma lágrima escorre do meu rosto. Eu nem tinha percebido que estava chorando, mas não me importo.

— Andrew falou com ele — digo —, mas está tudo bem.

Sua voz está rígida.

— Como pode estar tudo bem?

— Porque eu falei com eles e disse que...

— Disse o quê? Porque estamos conversando agora, e definitivamente nada está bem.

Olho para ele e seco as lágrimas do meu rosto.

— Caleb...

— Isso não vai mudar, Sierra. Não no tempo restante que sua família ainda tem. Então, por que você está se preocupando comigo?

Procuro a mão dele.

— Caleb...

Ele dá um passo para trás, forçando a distância entre nós.

— Não faça isso — sussurro.

— Eu disse que você valia a pena, Sierra, e vale mesmo. Mas não sei se o resto vale. E sei que eu não valho.

— Sim — digo —, Caleb, você...

Ele se vira e sai da Tenda, segue direto para a caminhonete e vai embora.

No dia seguinte, meu pai volta dos correios e solta um envelope expresso grosso ao meu lado no caixa. Vinte e quatro horas se passaram sem meu pai e eu nos falarmos. Nunca fomos assim, mas não consigo perdoá-lo. No envelope, tem um coração vermelho desenhado ao redor de *Elizabeth Campbell* no endereço do remetente. Depois de atender mais dois clientes, rasgo o pacote.

Lá dentro, tem um envelope tamanho carta e uma caixa vermelha purpurinada no formato de um disco de hóquei.

Afasto a tampa da caixa, tiro um quadrado de algodão, e lá está o corte de dois centímetros de espessura da minha primeira árvore. Ao redor da borda, ele ainda tem uma fina camada de casca áspera. No centro está a árvore de Natal que pintei quando eu tinha onze anos. Dois dias atrás, olhar para isso teria me deixado nervosa em relação a como Caleb reagiria se eu desse a ele. Agora, não sinto nada.

Uma cliente se aproxima do balcão, e eu coloco a tampa de volta na caixa. Quando ela sai, abro a carta. Apesar de ter sido Elizabeth que me enviou o corte da árvore, o bilhete está escrito com a letra da Rachel: *Espero que isso ajude com o milagre de Natal que você pediu.*

Junto com o bilhete, há dois ingressos para o baile formal de inverno. Está escrito *Globo de Neve do Amor* em uma letra cursiva, vermelha e elegante, no topo. No lado esquerdo, há um casal dançando dentro de um globo de neve enquanto a purpurina prateada cai ao redor.

Fecho os olhos.

No intervalo do almoço, vou ao trailer e escondo a caixa vermelha embaixo de um travesseiro na minha cama. Tiro minha foto com Caleb, presa na moldura da janela, e guardo os ingressos entre a foto e o suporte de papelão.

Antes que eu perca a coragem, encontro meu pai e peço para ele andar de novo comigo. Estou ruminando isso há bastante tempo. Eu o ajudo a amarrar uma árvore no carro de um cliente e depois nos afastamos do lote juntos.

— Preciso que você reconsidere essa situação — digo a ele. — Você diz que não é sobre o passado de Caleb, e eu acredito em você.

— Que bom, porque...

Eu o interrompo.

— Você também disse que é porque temos menos de uma semana e estou me apaixonando por ele. E você está certo, estou mesmo — digo. — Eu sei que isso te deixa desconfortável por um milhão de motivos, mas também sei que você não diria nada se não pudesse usar o passado dele como desculpa.

— Não sei, talvez, mas eu ainda...

— E, apesar de isso me deixar muito irritada, porque não é justo com Caleb, você está se esquecendo da pessoa que deveria ser a parte mais importante disso para você.

— Sierra, eu só estou pensando em você — diz ele. — Sim, é difícil ver minha menininha se apaixonar. E, sim, é difícil esquecer o passado dele. Porém, mais do que tudo, querida, não posso ficar de longe vendo seu coração ser partido.

— Essa decisão não deveria ser minha? — pergunto.

— É, se você conseguir pensar em tudo. — Ele para de caminhar e olha para a rua. — Sua mãe e eu ainda não falamos isso um para o outro, mas nós dois sabemos. É quase certo que não vamos voltar no próximo ano.

Toco no braço dele.

— Sinto muito, pai.

Ainda olhando para a rua, ele coloca o braço ao meu redor, e eu apoio a cabeça no seu peito.

— Eu também — diz ele.

— Então, você está preocupado principalmente com o que vou sentir na hora de ir embora — digo.

Ele olha para mim, e eu sei que sou a parte mais importante disso.

— Você não entende como isso vai ser difícil — diz ele.

— Então me fale — digo. — Porque você sabe. O que você sentiu quando conheceu minha mãe e depois teve que ir embora?

— Foi horrível! — diz ele. — Algumas vezes pensei que não íamos aguentar. Nós até demos um tempo e namoramos outras pessoas por um período. Caramba, isso quase me matou.

Minha próxima pergunta é a minha meta.

— E valeu a pena?

Ele sorri para mim e se vira para olhar para o nosso lote.

— Claro que valeu.

— Então — digo.

— Sierra, sua mãe e eu já tínhamos estado em relacionamentos sérios antes. Este é o seu primeiro amor.

— Eu nunca disse que o amava!

Ele ri.

— Você não precisa dizer.

Nós dois olhamos para os carros, e eu puxo seu braço para me apertar mais.

Ele olha para mim e suspira.

— Seu coração vai se partir daqui a alguns dias — diz ele.

— Vai, sim. Mas não quero que sofra ainda mais por eliminar os próximos dias com ele.

Eu o abraço com os dois braços e digo que o amo.

— Eu sei — sussurra ele. — E você sabe que sua mãe e eu vamos estar aqui para ajudar a remendar o seu coração.

Com seu braço no meu ombro e meu braço envolvendo sua cintura, caminhamos de volta até o lote.

— Preciso que você pense em uma coisa — diz ele. — Pense em como esta temporada vai acabar para vocês dois. Porque vai acabar. Então, não ignore isso.

Quando ele se junta à minha mãe na Tenda, eu corro até o trailer e ligo para Caleb.

— Vem aqui e compre uma árvore — digo. — Eu sei que você tem entregas para fazer.

Está escuro quando vejo Caleb parar no estacionamento. Luis e eu carregamos uma árvore grande e pesada em direção à caminhonete dele.

— Espero que ela caiba no lugar aonde você está indo — diz Luis.

Caleb sai e corre para baixar a tampa traseira.

— Essa talvez esteja fora da minha faixa de preço — diz ele —, mesmo com desconto.

— Não — digo —, porque é de graça.

— É um presente dos pais dela — diz Luis. — Eles estão cochilando no momento, então...

— Estou bem aqui, Luis — digo. — Posso contar para ele.

Luis fica vermelho e volta para o lote, onde um cliente espera sua árvore ser enrolada com uma rede. Enquanto isso, Caleb parece confuso.

— Meu pai e eu conversamos — digo.

— E?

— E eles confiam em mim — digo a ele. — Eles também adoram o que você faz com as árvores, por isso, querem doar essa para a causa.

Ele olha para o trailer, e um leve sorriso aparece.

— Acho que, quando voltarmos, você pode contar se a doação coube na casa.

Depois que entregamos a árvore, que mal se acomodou na casa — e a criança de cinco anos *surta* de empolgação —, Caleb dirige até o Cardinals Peak. Ele estaciona em frente ao portão de metal e destranca a porta.

— Espere aqui e eu vou abrir — diz ele. — Podemos dirigir até o topo e, se você não importar, eu adoraria finalmente ver as suas árvores.

— Então, desligue o motor — digo. — Vamos subir a pé.

Ele se inclina para olhar para a colina.

— O quê? Está com medo de uma pequena caminhada noturna? — provoco. — Tenho certeza de que você tem uma lanterna, não é? Por favor, não me diga que você dirige uma caminhonete, mas não tem uma lanterna!

— Sim — diz ele —, na verdade, eu tenho uma dessas.

— Perfeito.

Ele recua a caminhonete até um trecho de grama e terra à margem da estrada e pega uma lanterna no porta-luvas.

— Só tenho uma — diz ele. — Espero que você não se importe de ficar perto.

— Ah, se for necessário — digo.

Ele salta da caminhonete, vem até o meu lado e abre a porta. Nós dois fechamos as jaquetas enquanto olhamos para a silhueta alta do Cardinals Peak.

— Eu adoro vir aqui — digo. — Toda vez que subo essa colina, penso... Tenho a sensação de que... Minhas árvores são uma metáfora pessoal profunda.

— Uau — diz Caleb. — Essa pode ser a coisa mais profunda que já ouvi você dizer.

— Ah, cala a boca — digo. — Me dê essa lanterna.

Ele me entrega a lanterna, mas segue em frente.

— Sério. Você se importa se eu usar isso na escola? Meu professor de inglês vai adorar.

Eu o cutuco com o ombro.

— Ei, eu fui criada em uma fazenda de árvores de Natal. Tenho permissão para ficar sentimental em relação a essas coisas, mesmo que não consiga me expressar.

Adoro como Caleb e eu podemos provocar um ao outro sem parecer nada demais. As coisas difíceis ainda estão lá — não podemos evitar um dia no calendário —, mas encontramos uma maneira de nos curtirmos agora.

Está mais frio hoje à noite do que quando Heather e eu viemos aqui no Dia de Ação de Graças. Caleb e eu não falamos muito durante a subida; simplesmente apreciamos o ar frio e o calor do nosso toque. Antes da última curva na colina, eu o afasto da estrada com a lanterna e o conduzo ao mato na altura dos joelhos. Sem reclamar, ele me segue por vários metros.

A lua crescente lança sombras profundas neste lado da colina. Quando o mato diminui, movo lentamente a lanterna pelas minhas árvores, capturando uma ou duas de cada vez com o feixe estreito.

Caleb passa ao meu lado e coloca um braço nos meus ombros, juntando delicadamente os dois corpos. Quando vejo, ele está observando as árvores. Ele me solta e entra na minha pequena fazenda, parecendo tão feliz enquanto alterna o olhar entre elas e mim.

— Elas são lindas — diz. Ele se aproxima e inspira uma das árvores. — Têm cheiro de Natal.

— A aparência de Natal é porque Heather sobe aqui todo verão para apará-las — digo.

— Elas não crescem selvagens desse jeito?

— Nem todas — digo. — Meu pai gosta de dizer que todos precisamos de uma pequena ajuda para entrar no espírito.

— Sua família gosta de metáforas — diz Caleb. Ele para atrás de mim e me abraça, deixando o queixo se apoiar no meu ombro.

Olhamos as árvores em silêncio durante vários minutos.

— Adorei — me diz ele. — É sua pequena família de árvores.

Eu me inclino para o lado e olho nos olhos dele.

— Quem está sendo sentimental, agora?

— Já pensou em decorá-las? — pergunta ele.

— Heather e eu fizemos isso uma vez, do jeito mais ecológico possível, é claro. Utilizamos pinhas, frutinhas e flores, além de algumas estrelas feitas de sementes e mel que compramos.

— Você trouxe presentes para os passarinhos? — comenta ele. — Que fofo.

Voltamos pelo meio do mato, e eu me viro para admirar as minhas árvores de novo — é provavelmente a última vez que as vejo antes de ir embora. Seguro a mão de Caleb, sem saber quantas chances mais eu terei de fazer isso na vida. Ele aponta para o lote de árvores da minha família. Daqui de cima, parece um pequeno retângulo suavemente iluminado. Os postes de luz e os flocos de neve entre as árvores iluminam o verde profundo. Lá está a Tenda e o trailer prateado. Vejo corpos se movendo por entre as árvores, uma mistura de clientes, funcionários e talvez minha mãe e meu pai. Caleb fica atrás de mim novamente e me envolve em seus braços.

Este é o meu lar, penso. Lá embaixo... E bem aqui.

Ele passa a mão pelo meu braço que está segurando a lanterna e move o feixe de luz lentamente pelas minhas árvores.

— Estou contando cinco — diz ele. — Achei que você tinha dito que eram seis.

Meu coração para. Movo a lanterna pelas minhas árvores.

— Uma, duas... — Meu coração se estilhaça quando paro no cinco. Corro pelo mato, arrastando o feixe rapidamente de um lado para o outro no chão à frente. — É a primeira! A grande.

Caleb caminha pelo mato na minha direção. Antes de me alcançar, ele bate o pé em algo sólido. Ilumino seus pés e coloco a mão sobre a boca. Eu me ajoelho no chão ao lado do toco, que é tudo o que resta da minha árvore mais antiga. Em cima do corte há pequenas gotas de seiva seca. Caleb se ajoelha ao meu lado.

Ele pega a lanterna e segura minhas duas mãos.

— Alguém se apaixonou por ela — diz ele. — Deve estar na casa dessa pessoa agora, toda decorada e linda. É como um presente que...

— Era um presente para *eu* dar — digo. — Não para alguém levar.

Ele me ajuda a levantar, e eu apoio o rosto no ombro dele. Depois de vários minutos assim, começamos nossa caminhada de volta pela estrada. Andamos devagar e não falamos nada. Ele me guia delicadamente ao redor de todos os buracos e rochas.

Então, ele para, olhando para um trecho a alguns metros da estrada. Sigo seu olhar enquanto ele vai naquela direção. A lanterna ilumina o verde escuro da minha árvore, jogada de lado e deixada no mato para secar.

— Eles simplesmente a deixaram aqui? — pergunto.

— Acho que sua árvore resistiu e lutou.

Caio de joelhos e não me preocupo em segurar as lágrimas.

— Eu odeio quem fez isso!

Caleb se aproxima de mim e coloca a mão nas minhas costas. Ele não diz nada, não fala que vai ficar tudo bem, nem me julga por eu estar arrasada por causa de uma árvore. Ele simplesmente entende.

Depois de um tempo, eu me levanto. Ele seca as lágrimas do meu rosto e me olha nos olhos. Continua sem falar, mas eu sei que ele está comigo.

— Eu queria poder explicar por que estou agindo assim — digo, mas ele fecha os olhos, e eu fecho os meus, e sei que não preciso explicar.

Olho para a árvore de novo. Quem a viu lá em cima achou que ela era linda. Achou que poderia deixá-la mais linda. E tentou de verdade, mas foi demais para a pessoa.

E a deixou aqui.

— Não quero ficar aqui — digo.

Caleb caminha atrás de mim, apontando a luz para os meus pés enquanto eu me afasto.

Quando Heather me liga para saber se pode ir até o lote, conto sobre a árvore no Cardinals Peak e digo que posso não ser a melhor companhia. Como me conhece bem, ela vem na mesma hora. Ela me diz que eu fui uma "fantasma entregadora de árvores" este ano e que ela está triste porque não passamos muito tempo juntas. Lembro a ela que sempre que eu tinha uma hora ou duas livres, ela estava com Devon.

— Adeus, Operação Terminar com o Namorado — digo.

Heather me ajuda a reabastecer a estação de bebidas.

— Acho que eu nunca quis terminar com ele de verdade, só queria que ele fosse um namorado melhor. Começamos muito bem, mas depois ele ficou... Não sei...

— Complacente?

Ela revira os olhos.

— Claro. Vamos usar uma das suas palavras.

Conto a ela todo o drama com Andrew e meu pai, e como isso exigiu duas conversas para fazer os meus pais entenderem por que não é uma opção não ver Caleb no tempo que nos resta.

— Olha só a minha garota se impondo — diz Heather. Ela pega a minha mão e aperta. — Ainda tenho esperança que você volte no ano que vem, Sierra. Mas, caso contrário, fico feliz porque esta vinda seguiu pelo caminho certo.

— Acho que sim — digo. — Mas precisava ser tão enrolada?

— Bem, agora esta vinda significa muito mais — diz ela. — Pense em mim e Devon. Ele ficou complacente, certo? Todo dia era a mesma coisa, e muito chato. Eu estava pensando em terminar com ele, e aí aconteceu aquele negócio da Rainha da Neve. Foi tenso, mas depois ele me deu meu dia perfeito. Nós conquistamos o lugar em que estamos agora. E você e Caleb definitivamente conquistaram os próximos dias.

— Acho que conquistamos o suficiente para os próximos anos — digo. — E Caleb conquistou o suficiente para a vida toda.

Uma hora depois, Heather vai embora para trabalhar no presente surpresa de Devon. O resto do dia se move lentamente, com clientes aparecendo aos poucos. Conto o caixa à noite e guardo tudo o que precisa ser trancado.

Minha mãe se aproxima quando desligo o interruptor para apagar as luzes de flocos de neve.

— Seu pai e eu queremos te levar para jantar fora — diz ela.

Dirigimos até o Breakfast Express e, quando entramos no vagão de trem lotado, Caleb está servindo o café de um homem a poucas mesas de distância. Sem levantar os olhos, ele diz:

— Estarei com vocês em um minuto.

— Não precisa se apressar — diz meu pai, sorrindo.

Caleb deve estar exausto. Ele olha diretamente para nós ao longo de vários passos antes de perceber quem somos. Quando percebe, ele ri e pega alguns cardápios.

— Você parece cansado — digo.

— Um cara ligou para dizer que estava doente, por isso, eu comecei cedo — diz ele. — Pelo menos, isso significa mais gorjetas.

Nós o seguimos até uma mesa perto da cozinha. Depois que sentamos, ele coloca guardanapos e talheres sobre a mesa.

— Provavelmente vou poder comprar duas árvores amanhã — diz ele. — As pessoas ainda estão comprando árvores, certo? Apesar de estar tão perto do Natal?

— Ainda estamos abertos — diz meu pai. — Mas não tão ocupados quanto você parece aqui.

Caleb se afasta para pegar água para nós. Eu o observo se afastar, parecendo um pouco frenético, mas totalmente adorável. Quando olho para o outro lado da mesa, meu pai está balançando a cabeça para mim.

— Você vai ter que aprender a ignorar seu pai — diz minha mãe. — É assim que eu o aguento.

Meu pai dá um beijinho na bochecha da minha mãe. Vinte anos depois, ela sabe como fazê-lo calar a boca quando ele está sendo ridículo, mas de um jeito que ele adora.

— Mãe, você já quis fazer alguma coisa diferente que não fosse trabalhar na fazenda? — pergunto.

Ela me lança um olhar confuso.

— Não foi para isso que fiz faculdade, se é o que quer dizer.

Caleb volta com três águas e três canudos embalados.

— Vocês já sabem o que querem?

— Sinto muito — diz minha mãe. — Ainda não olhamos os cardápios.

— Não se preocupe, isso é perfeito, na verdade — diz Caleb. — Tem um casal *adorável*, e estou sendo sarcástico, que aparentemente precisa de muita atenção.

Ele sai rápido, e minha mãe e meu pai pegam os cardápios.

— Mas já teve dias em que você se questionou? — pergunto. — Como seria sua vida se não girasse inteiramente em torno de um feriado festivo?

Minha mãe deixa o cardápio de lado e me analisa.

— Você se arrepende disso, Sierra?

— Não — digo —, mas é tudo o que eu conheci. Você pelo menos teve alguns Natais normais antes de se casar. Você tem alguma coisa para comparar.

— Nunca me arrependi da vida que escolhi — diz minha mãe. — E foi escolha minha, então, posso me orgulhar disso. Eu escolhi essa vida com seu pai.

— Tem sido uma vida interessante — diz meu pai.

Finjo ler o cardápio.

— Foi um ano interessante.

— E faltam apenas alguns dias — diz minha mãe. Quando levanto o olhar, ela está olhando com tristeza para meu pai.

꼬ᄋ

Na tarde seguinte, a caminhonete de Caleb entra no estacionamento com Jeremiah no banco do passageiro. Pelo modo como saem rindo e conversando, parecem dois caras que nunca tiveram um intervalo doloroso na amizade.

Luis vai até eles e tira uma luva de trabalho para apertar a mão dos dois. Todos conversam brevemente antes de Caleb e Jeremiah se dirigirem para a Tenda.

— Garota do lote de árvores! — diz Jeremiah, me oferecendo um soquinho no ar. — Meu garoto disse que você pode precisar de ajuda extra para desmontar este espaço no Natal. Onde eu me inscrevo?

— Você não tem planos com a sua família? — pergunto.

— Trocamos nossos presentes na Noite de Natal antes da missa — diz ele. — Depois, dormimos e vemos futebol americano o dia todo. Mas eu meio que te devo uma, sabe?

Olho de um para o outro.

— Então, está tudo bem aqui?

Jeremiah olha para baixo.

— Meus pais não sabem exatamente onde estou agora. Cassandra está me dando cobertura.

— Ela está dando cobertura com uma condição — diz Caleb. Ele olha para mim. — Na noite de ano-novo, esse cara vai ser o motorista escolhido de todo o time de torcedoras.

Jeremiah ri.

— É um trabalho difícil, mas estou preparado. — Ele começa a andar para trás, se afastando de nós. — Vou procurar seu pai para perguntar sobre o desmonte.

— E você? — pergunto a Caleb. — Vai nos ajudar a desmontar o espaço?

— Eu passaria o dia todo aqui se pudesse — diz ele —, mas temos tradições que eu não me sentiria bem em abandonar. Você entende, não é?

— Claro. E fico feliz de vocês todos poderem estar juntos — digo. Apesar de ser sincera, não vou ficar feliz com a aproximação da manhã de Natal. — Se você conseguir escapar, estarei na casa da Heather por um tempo, trocando presentes com ela e Devon.

Ele sorri, mas seus olhos refletem a mesma tristeza que sinto.

— Vou dar um jeito.

Enquanto esperamos Jeremiah voltar, nenhum de nós sabe o que mais dizer. Ir embora parece tão real agora... E tão perto. Algumas semanas atrás, parecia que este dia estava distante. Tínhamos tempo para ver o que poderia acontecer e até onde poderíamos nos apaixonar. Agora parece que tudo aconteceu tarde demais.

Caleb pega a minha mão, e eu o sigo até a parte de trás do trailer, longe de todo mundo. Antes que eu possa perguntar o que vamos fazer, estamos nos beijando. Ele está me beijando, e eu o beijo como se fosse a última vez. Não consigo parar de pensar se esta *é* a última vez.

Quando ele recua, seus lábios estão muito vermelhos e um pouco inchados. Os meus parecem iguais. Ele segura o lado do meu rosto e encostamos a testa um no outro.

— Me desculpe por não poder ajudar no Natal — diz ele.

— Só temos alguns dias — digo a ele. — Não sei o que vamos fazer.

— Vem comigo na missa à luz de velas — diz ele. — Aquele que Abby te falou.

Hesito. Não vou à igreja há séculos.

Parece que, na Noite de Natal, ele deveria estar cercado de pessoas que acreditam no que ele acredita e sentem o que ele sente.

A covinha dele retorna.

— Quero você lá. Por favor?

Sorrio em resposta.

— Está bem.

Ele começa a voltar para o lote, mas pego sua mão e o puxo de volta. Ele ergue uma sobrancelha.

— Do que você precisa, agora?

— Hoje é dia de vocabulário — digo. — Ou você já parou de tentar me impressionar?

— Não acredito que você está duvidando de mim — diz ele. — A verdade é que estou me empolgando de verdade com essas palavras esquisitas. Como a de hoje, que é *diáfano*.

Eu pisco.

— Mais uma que eu não conheço.

Ele levanta os braços para o alto.

— Oba!

— Tudo bem, essa pode ser a palavra — digo, arqueando uma sobrancelha —, mas o que significa?

Ele também arqueia uma sobrancelha.

— É uma coisa delicada ou translúcida. Espera, você sabe o que significa *translúcido*, não é?

Dou uma risada e o arrasto para fora do esconderijo.

Luis acena para nós e vem correndo.

— Os caras e eu escolhemos uma árvore perfeita para você — diz ele a Caleb. Tem sido ótimo ver Luis se tornar parte da família do lote. — Acabamos de colocá-la na sua caminhonete.

— Obrigado, cara — diz Caleb. — Me dê a etiqueta para eu pagar.

Luis balança a cabeça.

— Não, essa é por nossa conta.

Caleb olha para mim, mas não tenho ideia do que está acontecendo.

— Alguns dos caras do beisebol acham que é legal o que você está fazendo — diz Luis. — E eu também. Achamos que podíamos juntar alguns dólares das nossas gorjetas e comprar essa.

Cutuco Caleb com o ombro. Suas boas ações estão se tornando contagiosas.

Luis olha para mim, um pouco nervoso.

— Não se preocupe, não usamos o desconto de funcionários.

— Ah, você não devia se preocupar com isso — digo.

Vinte e um

No dia anterior à noite de Natal, Heather pega Abby e a leva até o lote. Abby vem perturbando Caleb para saber se pode me ajudar, porque, aparentemente, ela quer trabalhar em um lote de árvores desde que era criança. Mesmo que isso seja um exagero, estou feliz em satisfazer seu desejo.

Na ponta mais distante da Tenda, montamos dois cavaletes e colocamos uma peça de madeira compensada do tamanho de uma porta atravessada sobre eles. Fazemos uma pilha alta com cascas de árvores, e nós três colocamos as aparas em sacolas de papel e deixamos os clientes levá-las para casa. As pessoas adoram decorar a mesa e as janelas com isso antes de as famílias chegarem. As sacolas estão sumindo quase tão rápido quanto conseguimos enchê-las.

— Que segredo é esse que você está preparando para o Devon no Natal? — pergunto. — Aposto que é um suéter de Natal.

— Bem, eu pensei nisso — diz Heather —, mas escolhi uma coisa melhor. Espere aqui.

Ela corre até o balcão onde deixou a bolsa. Abby e eu nos entreolhamos e damos de ombros. No caminho de volta, Heather ergue orgulhosamente um... cachecol vermelho e verde de sessenta centímetros de comprimento, um pouco retorcido?

— Minha mãe me ensinou a tricotar — diz ela.

Mordo a parte de dentro da bochecha para não rir.

— O Natal é daqui a dois dias, Heather.

Ela olha para o cachecol, derrotada.

— Não imaginava que demoraria tanto. Mas, depois de sair daqui, vou me trancar no meu quarto e assistir a vídeos de gatinhos ao longo das horas que vou levar para terminar.

— No mínimo — digo —, é a maneira perfeita de averiguar o amor dele.

Abby para de encher uma sacola.

— Eu me esqueci: o que significa *averiguar*?

Heather e eu caímos na gargalhada.

— O que eu acho que significa — diz Heather, enfiando o cachecol no bolso — é: se Devon realmente me ama, vai usar esse cachecol horroroso como se fosse a coisa mais linda que já recebeu.

— É isso o que significa — digo —, mas não é um teste justo.

— Você usaria se eu desse para você — diz Heather, e ela está certa. — Se ele não conseguir me demonstrar essa mesma dedicação, não merece o presente de verdade.

— E qual é? — pergunta Abby.

— Ingressos para um festival de comédia — diz ela.

— Muito melhor — comento.

Heather conta a Abby sobre o dia perfeito que Devon lhe deu como presente de Natal adiantado. Um dia, diz Abby, ela quer um namorado que faça um piquenique para ela no topo do Cardinals Peak.

Heather sorri enquanto enche mais uma sacola.

— Não é como se *ele* não tivesse se dado bem lá em cima.

Jogo um punhado de aparas de árvore nela. Heather não precisa expandir esse assunto com a irmãzinha de Caleb aqui.

Quando a mãe de Abby a pega, a conversa se volta para minha vida amorosa.

— Parece que tem muito mais coisa para nós aqui, mas vou embora cedo demais.

— E o próximo ano ainda está no ar? — pergunta ela.

— Não muito — digo. — Na verdade, está altamente duvidoso. Não sei o que fazer se não puder te ver no próximo inverno.

— Não vai parecer que é Natal, isso é certo — diz Heather.

— Minha vida toda eu me perguntei como seria ficar em casa depois do Dia de Ação de Graças — digo. — Ter a chance de um Natal com neve e experimentar as coisas que as pessoas normais fazem nesse período. Mas, para ser sincera, pensar nisso não é igual a desejar.

Agora, Heather e eu paramos de encher as sacolas.

— Você já conversou sobre isso com Caleb?

— Esse assunto paira sobre nós o tempo todo.

— E as férias da primavera? — pergunta Heather. — Você não precisa esperar para sempre até vê-lo de novo.

— Ele vai estar na casa do pai — digo. Penso nos ingressos para o baile formal de inverno que escondi atrás da nossa foto. Para dá-los a ele, eu precisaria saber com certeza em que ponto estamos. Eu teria que saber o que nós dois queremos. Significaria ir embora daqui, mas com a promessa de tê-lo comigo.

— Se Devon e eu conseguimos dar um jeito — diz Heather —, você e Caleb também conseguem.

— Não sei se isso é verdade — digo. — Vocês podem ficar juntos enquanto fazem isso.

Depois de fecharmos o ano na Noite de Natal, meus pais e eu jantamos no Airstream. O rosbife foi cozido na panela o dia todo, então, o trailer inteiro está com um cheiro delicioso. O pai da Heather fez e entregou pão de milho. Do outro lado da pequena mesa, meu pai pergunta o que eu acho de não voltar no ano que vem.

Parto meu pão de milho ao meio.

— Está fora do meu controle — digo. — Toda vez que fechamos na Noite de Natal, é aqui que sentamos e comemos. A única coisa diferente é essa pergunta.

— Isso é pela *sua* perspectiva — diz minha mãe. — Do lado de cá da mesa, todo ano parece diferente.

Pego um pedaço do meu pão de milho e mastigo lentamente.

— Você tem muitas pessoas que te desejam o melhor — diz meu pai. — Aqui, nesta cidade, lá em casa...

Minha mãe estende a mão por sobre a mesa e pega a minha.

— Tenho certeza de que parece que todos estamos te puxando em direções diferentes, mas é porque todos nos preocupamos. No mínimo, espero que este ano tenha te mostrado isso.

Sendo meu pai, ele tem que dizer:

— Mesmo que isso acabe partindo seu coração.

Minha mãe cutuca o ombro do meu pai.

— No ensino médio, o sr. Incrédulo, seu pai, passou o verão no acampamento de beisebol depois de me conhecer aqui no inverno anterior.

— Eu te conheci muito bem naquela época — diz meu pai.

— Como você poderia ter me conhecido em poucas semanas? — pergunta minha mãe.

— Muito bem — digo. — Confie em mim.

Meu pai coloca a mão em cima da minha e da minha mãe.

— Estamos orgulhosos de você, filha. Quaisquer que sejam as mudanças que aconteçam no negócio da família, vamos fazer tudo dar certo como uma família. E o que quer que você decida em relação a Caleb, nós... Você sabe... Podemos...

— Nós te apoiamos — diz minha mãe.

— Certo. — Meu pai se recosta e coloca o braço ao redor da minha mãe. — Nós confiamos em você.

Vou para o lado deles da mesa e me inclino para um abraço em família. Sinto meu pai inclinar o pescoço para olhar para minha mãe.

Quando volto para o meu lugar, minha mãe pede licença. Ela vai ao quarto deles para pegar o pequeno punhado de presentes que trouxemos conosco. O menos paciente de nós é meu pai — ele é muito parecido com Caleb nesse sentido —, e ele rasga seu presente primeiro.

Ele segura a caixa a distância de um braço.

— Um duende na prateleira? — Ele franze o nariz. — É sério?

Minha mãe e eu quase morremos de rir. Meu pai reclama desse boneco de brinquedo todo ano, jurando que nunca vai acreditar nele. Como passa o mês de dezembro em um trailer longe de casa, ele assumiu que não precisaria.

— O plano era — diz minha mãe — que Sierra e eu íamos escondê-lo em casa quando você viesse pra Califórnia.

— E depois — digo, me inclinando para a frente para maximizar o efeito — você ia passar o mês todo pensando nele, tentando descobrir onde estava.

— Isso me deixaria maluco — diz meu pai. Ele tira o duende da caixa e o pendura de cabeça para baixo pelo pé. — Vocês se superaram este ano.

— Acho que, se houver um lado positivo — digo —, agora você pode procurá-lo todos os dias em casa.

— Este é mais um exemplo — diz meu pai — de que nem sempre precisamos de um lado positivo.

— Ok, minha vez — diz minha mãe.

Todo ano ela quer ser surpreendida com uma loção corporal perfumada diferente. Apesar de felizmente ela adorar o cheiro de árvores de Natal, depois de ficar imersa nelas por um mês, ela quer ter outro cheiro no ano-novo.

Ela abre o embrulho do frasco deste ano e o vira para ler o rótulo.

— Alcaçuz e pepino? Como diabos vocês acharam isso?

— São seus dois aromas preferidos — lembro a ela.

Ela abre a tampa, cheira e, em seguida, espreme uma gota na palma da mão.

— É incrível! — diz ela e a esfrega nas mãos.

Meu pai me entrega uma pequena caixa de presente prateada.

Sacudo a caixa para abri-la e tiro um pouco de algodão. Uma chave de carro praticamente cintila embaixo.

— Vocês compraram um carro para mim!

— Tecnicamente, é a caminhonete do tio Bruce — diz minha mãe —, mas vamos revestir o interior na cor que você quiser.

— Pode não ser sensato usá-la em viagens longas — diz meu pai —, mas é ótima para fazenda e para andar pela cidade.

— Você se importa de ser dele? — pergunta minha mãe.

— Não podíamos pagar pela que você...

— Obrigada — digo. Viro a caixa para a chave cair na minha mão. Depois de sentir seu peso durante vários segundos, levanto de novo do meu assento e abraço os dois com força. — Isso é incrível.

Em nome da tradição, depois que os pratos sujos são empilhados na pia, subimos na cama dos meus pais e assistimos O *Grinch* no meu notebook. Como sempre, minha mãe e meu pai estão dormindo profundamente quando o coração do Grinch cresce três vezes naquele dia.

Estou bem acordada, meu estômago com um milhão de nós porque está na hora de me preparar para a missa à luz de velas com Caleb.

Hoje à noite, não há necessidade de experimentar várias roupas. Antes mesmo de sair da cama deles, decido vestir minha saia preta simples e uma blusa branca. No banheiro minúsculo, aliso meu cabelo. Quando estou passando a maquiagem com cuidado, vejo o reflexo da minha mãe sorrir atrás de mim no espelho. Ela está segurando um novo suéter de caxemira rosa.

— Para o caso de esfriar — diz ela.

Viro para trás.

— Onde você comprou isso?

— Foi ideia do seu pai — diz ela. — Ele queria que você tivesse alguma coisa nova para usar hoje à noite.

Seguro o suéter.

— Meu pai escolheu isso?

Minha mãe ri.

— Claro que não. E dê graças ao seu anjo da guarda, porque, se ele escolhesse, provavelmente ia cobrir mais do que um macacão de neve — diz ela. — Ele me pediu para comprar alguma coisa enquanto vocês estavam colocando aparas nas sacolas.

Olho no espelho e seguro o suéter diante de mim.

— Diga para ele que eu adorei.

Ela sorri para o nosso reflexo.

— Se eu conseguir acordá-lo depois que você sair, vamos fazer pipoca e ver *Natal Branco*.

Eles fazem isso todo ano, geralmente comigo aninhada entre os dois.

— Sempre admirei o fato de você e meu pai nunca ficarem saturados do Natal — digo.

— Querida, se nos sentíssemos assim — diz ela —, venderíamos a fazenda e faríamos outra coisa. O que fazemos é especial. E é legal saber que Caleb valoriza isso.

Há uma leve batida na porta. Meu coração vibra enquanto minha mãe me ajuda a puxar o suéter sobre a cabeça sem bagunçar os cabelos. Antes que eu possa lhe dar um último abraço, ela vai para o seu quarto e fecha a porta.

Vinte e dois

Abro a porta, esperando ficar encantada com a visão do meu lindo acompanhante para a noite de Natal. Em vez disso, Caleb usa um suéter apertado demais com o rosto enorme de Rudolph, por cima de uma camisa social roxa e uma calça cáqui. Cubro a minha boca e balanço a cabeça.

Ele abre os braços.

— E aí?

— Me fala que você não pegou isso emprestado com a mãe da Heather — digo.

— Peguei! — diz ele. — Foi isso mesmo. Era um dos poucos que ainda tinha as mangas.

— Tudo bem, eu adoro seu bom humor, mas não vou conseguir me concentrar na missa se você estiver usando isso.

Com os braços bem abertos, ele olha para o suéter.

— Aparentemente, você não tem ideia de por que a mãe de Heather é dona disso — digo.

Ele suspira e, relutante, puxa o suéter sobre o peito, mas ele fica preso nas orelhas, e eu tenho que puxar o resto com força.

Agora ele está vestido como meu lindo acompanhante.

É uma noite fria de inverno. Muitas casas ao longo do caminho deixaram as luzes de Natal acesas até tarde. Parece que o telhado de algumas está rodeado de pontas de gelo brilhantes. Algumas têm renas iluminadas de branco pastoreando em seus gramados. Minhas preferidas são as casas iluminadas com muitas cores.

— Você está linda — diz Caleb. Ele levanta a minha mão enquanto caminhamos e encosta os lábios em cada dedo.

— Obrigada — digo. — Você também.

— Viu? Você está melhorando em aceitar elogios — diz ele.

Olho para ele e sorrio. Luzes azuis e brancas da casa mais próxima refletem nas suas bochechas.

— Me fale sobre hoje à noite — digo. — Imagino que esteja lotado.

— Eles fazem duas missas na Noite de Natal — diz ele. — A primeira é para famílias, com um concurso e um milhão de crianças de quatro anos vestidas de anjos. É caótica e barulhenta e meio perfeita. A missa da meia-noite, a que estamos indo, é mais solene. É como o grande discurso de Linus em *Feliz Natal, Charlie Brown*.

— Eu adoro o Linus — digo.

— Que bom — diz Caleb —, senão esta noite ia acabar agora mesmo.

Andamos pelo resto do caminho, subindo as ruas cada vez mais inclinadas, de mãos dadas, em silêncio. Quando chegamos à igreja, o estacionamento está cheio. Muitos carros estão estacionados no meio-fio e mais pessoas se aproximam pelas ruas próximas.

Nas portas de vidro da igreja, Caleb me para antes de entrarmos. Ele me olha nos olhos.

— Eu queria que você não fosse embora — diz ele.

Aperto a mão dele, mas não sei o que dizer.

Ele abre uma porta e me deixa entrar primeiro. A única luz vem de velas cintilando em cima de altas varas de madeira montadas nas laterais de cada banco. Vigas grossas de madeira ao longo das paredes de ambos os lados se erguem, passando por janelas altas de vitrais vermelhos, amarelos e azuis. As vigas se encontram no centro do teto anguloso, dando o efeito de um grande navio virado de cabeça para baixo. Na frente da igreja, à beira do palco, tem uma fileira de bicos-de-papagaio. As plataformas escalonadas já estão ocupadas por um coral usando togas brancas. Acima deles, uma enorme guirlanda pendurada na frente de um conjunto de tubos de órgão de metal.

A maioria dos bancos está lotada de ponta a ponta. Entramos em um banco perto dos fundos, e uma mulher idosa vem pelo corredor e se aproxima de nós. Ela entrega a cada um de nós uma vela branca apagada e um círculo de papelão branco do tamanho da palma da minha mão. No meio do círculo há um pequeno buraco, e eu observo Caleb empurrar o topo da vela pelo buraco. Ele desliza o papelão mais ou menos até a metade da vela.

— São para mais tarde — diz ele. — O papelão segura os pingos.

Enfio minha vela no círculo e a coloco no meu colo.

— Sua mãe e sua irmã também vêm?

Ele acena com a cabeça para o coro. Abby e a mãe estão na plataforma do meio, sorrindo e nos observando. A mãe dele parece muito feliz por estar ao lado de Abby. Caleb e eu acenamos ao mesmo tempo. Abby começa a acenar, mas a mãe puxa sua mão para baixo porque o regente do coro agora está diante delas.

— Abby sempre foi uma cantora nata — sussurra Caleb. — Ela só ensaiou com eles duas vezes, mas minha mãe diz que ela se mistura bem.

A canção de abertura é "Hark! The Herald Angels Sing".

Depois que eles cantam mais algumas músicas, o pastor faz um sermão sincero e filosófico sobre a história do Natal e o que a noite significa para ele.

A beleza de suas palavras e a gratidão com que ele as apresenta me tocam. Seguro o braço de Caleb, e ele me olha com muito carinho.

O coro começa a cantar "We Three Kings". Caleb se inclina e sussurra:

— Vamos lá fora. — Ele pega a vela do meu colo, e eu o sigo para fora do santuário. As portas de vidro se fecham quando saímos, e estamos de volta ao ar frio.

— O que vamos fazer? — pergunto.

Ele se inclina para a frente e me beija suavemente. Levanto a mão e toco nas suas bochechas frias, o que faz seus lábios parecerem ainda mais quentes. Eu me pergunto se todo beijo com Caleb vai parecer tão novo e mágico.

Ele inclina a cabeça para o lado, prestando atenção.

— Está começando.

Andamos até a lateral da igreja. As paredes e o campanário assomam como se nos encobrissem. As janelas estreitas no alto estão escuras, mas eu sei que são feitas de vitrais.

— O que está começando? — pergunto.

— Está escuro lá dentro porque os diáconos passaram e apagaram as velas — diz ele. — Mas escute.

Ele fecha os olhos. Também fecho os meus. É baixo no início, mas eu escuto. Não é só o coro cantando, é a congregação toda.

— *Noite feliz... Noite feliz.*

— Neste momento, há duas pessoas na frente da igreja segurando velas acesas. Só duas. Todos os outros têm as mesmas que nós. — Ele me entrega a minha vela. Eu a seguro perto da ponta inferior, e o círculo de papelão fica em cima dos meus dedos fechados. — As duas pessoas com chamas, elas entram pelo corredor central; uma vai em direção ao banco à esquerda e a outra vai para a direita.

— *Ó, senhor, Deus do amor.*

Caleb tira uma pequena caixa de fósforos de papelão do bolso da frente, rasga um fósforo, fecha a tampa e o risca. Ele acende o pavio da sua vela e sacode o fósforo.

— As pessoas nos dois primeiros bancos, quem estiver mais perto do corredor, inclinam suas velas para as que estão acesas. Depois, usam essa chama para acender a vela da pessoa ao lado.

— *Pequenino nasceu em Belém.*

Caleb move sua vela em direção à minha e eu a inclino, encostando o pavio na sua chama até que comece a queimar.

— Isso continua, vela a vela. De fileira em fileira. A luz se espalha de uma pessoa para outra... Lentamente... Criando uma expectativa. Você está esperando que a luz chegue até você.

Olho para a pequena chama queimando na minha vela.

— *Eis na lapa Jesus, nosso bem.*

— Uma a uma, a luz é passada e todo o ambiente se enche com o brilho.

— *Dorme em paz, ó Senhor.*

Sua voz está baixa.

— Olhe para cima.

Olho para as janelas de vitrais. Agora há um brilho acolhedor vindo lá de dentro. O vidro reflete os tons de vermelho, amarelo e azul. A música continua, e eu prendo a respiração.

— *Noite feliz... Noite feliz.*

A letra toda é cantada mais uma vez. Depois de um tempo, dentro da igreja e aqui fora, há um silêncio total.

Caleb se inclina para a frente. Com um sopro suave, ele apaga a própria vela. E eu apago a minha.

— Estou feliz por termos saído — digo.

Ele me puxa para perto e me beija suavemente, grudando os lábios nos meus durante vários segundos.

Ainda abraçados, eu me inclino para trás e pergunto:

— Mas por que você não quis que eu visse tudo lá de dentro?

— Nos últimos anos, nunca me senti tão calmo quanto no momento em que a minha vela se acendia na noite de Natal. Por apenas um instante, tudo estava bem. — Ele se aproxima, o queixo no meu ombro, e sussurra no meu ouvido: — Este ano, eu queria passar esse momento só com você.

— Obrigada — sussurro. — Foi perfeito.

Vinte e três

As portas da igreja se abrem, e a missa da noite de Natal acaba. Passa da meia-noite, e as pessoas que saem devem estar cansadas, mas cada rosto parece repleto de uma felicidade tranquila — de alegria. A maioria não diz nada enquanto segue para seus carros, mas há diversos desejos simpáticos de "Feliz Natal".

É Natal.

Meu último dia.

Vejo Jeremiah segurar a porta para algumas pessoas, depois ele se aproxima de nós.

— Eu vi vocês escapando — diz ele. — Vocês perderam a melhor parte.

Olho para Caleb.

— Nós perdemos a melhor parte?

— Acho que não — diz ele.

Sorrio para Jeremiah.

— Não perdemos, não.

Jeremiah aperta a mão de Caleb e depois o puxa para um abraço.

— Feliz Natal, meu amigo.

Caleb não diz nada; apenas o abraça e fecha os olhos.

Jeremiah dá um tapinha nas costas dele, depois me envolve em um abraço.

— Feliz Natal, Sierra.

— Feliz Natal, Jeremiah.

— Te vejo de manhã — me diz ele e volta para a igreja.

— Devíamos começar a voltar — diz Caleb.

Não tenho como descrever o quanto esta noite significou para mim. Neste momento, quero dizer a Caleb que o amo. Este seria o momento, aqui mesmo, porque é quando descubro que isso é verdade.

Mas não consigo dizer. Não é justo ele ouvir essas palavras e eu ir embora logo depois. Dizer isso também queimaria as palavras no meu coração. Eu pensaria nessas palavras o caminho inteiro até em casa.

— Eu queria poder parar o tempo — digo em vez disso. É o máximo que consigo dar a nós dois.

— Eu também. — Ele pega a minha mão. — O que teremos a seguir? Será que sabemos?

Eu queria que ele pudesse me dar a resposta para essa pergunta. Parece insignificante demais dizer que vamos manter contato. Eu sei que vamos, mas o que mais?

Balanço a cabeça.

— Não sei.

Quando voltamos para o lote de árvores, Caleb me beija e depois dá um passo para trás. Parece certo ele começar a se afastar. Não existe milagre de Natal que possa me manter aqui ou nos garantir algo mais do que temos agora.

— Boa noite, Sierra.

Não consigo dizer isso.

— Nos veremos amanhã — digo.

Enquanto ele segue para a caminhonete, sua cabeça está curvada, e eu vejo ele olhar para a nossa foto no chaveiro. Depois de abrir a porta, ele se vira para mim mais uma vez.

— Boa noite — diz ele.

— Te vejo de manhã.

Acordo com um misto de emoções conflitantes. Tomo um leve café da manhã composto de mingau de aveia com açúcar mascavo antes de ir para a casa de Heather. Quando chego lá, ela está sentada nos degraus dianteiros esperando por mim.

Sem se levantar, ela diz:

— Você vai me deixar de novo.

— Eu sei.

— E, desta vez, não sabemos quando você vai voltar — diz. Ela finalmente se levanta e me dá um longo abraço.

A caminhonete de Caleb para na entrada de carros com Devon no banco do passageiro. Os dois saem, cada um segurando alguns pequenos presentes embrulhados. A tristeza que Caleb carregava quando se afastou na noite passada parece ter desaparecido.

— Feliz Natal! — diz ele.

— Feliz Natal — dizemos Heather e eu.

Os dois nos dão beijinhos na bochecha e, em seguida, Heather nos guia até a cozinha, onde bolo e chocolate quente estão nos esperando. Caleb recusa o bolo porque comeu omelete e torradas francesas com a mãe e Abby.

— É uma tradição — diz ele, mas coloca uma bengala de menta no chocolate quente.

— Você pulou na cama-elástica hoje? — pergunto.

— Abby e eu fizemos um concurso de cambalhotas logo cedo. — Ele coloca a mão no estômago. — Não foi a coisa mais inteligente a fazer depois do café da manhã, mas foi divertido.

Heather e Devon se recostam nas cadeiras, nos observando conversar. Pode ser uma das nossas últimas conversas, e eles não querem interromper.

— Você contou que já tinha achado? — pergunto.

Ele toma um gole do chocolate quente e sorri.

— Minha mãe ameaçou me dar apenas cartões de presente no próximo ano.

— Bem, ela encontrou o presente perfeito este ano — digo. Eu me aproximo e dou um beijo nele.

— Falando nisso — diz Heather —, está na hora dos *nossos* presentes.

Quase não consigo assistir enquanto Devon começa a desembrulhar seu presente molengo. Ele tira o cachecol vermelho e verde torto e ainda curto demais. Ele inclina a cabeça, virando-o várias vezes. Em seguida, dá talvez o maior e mais genuíno sorriso que já vi em seus lábios.

— Baby, você fez isso?

Heather sorri e dá de ombros.

— Adorei! — Ele enrola o cachecol no pescoço, e o comprimento mal passa da clavícula. — Nunca me fizeram um cachecol. Não consigo acreditar no tempo que você deve ter gasto com isso.

Heather está radiante e olha para mim. Faço um sinal de positivo com a cabeça, e ela imediatamente se joga no colo de Devon, abraçando-o.

— Fui uma namorada tão ruim — diz ela. — Me desculpe. Prometo ser melhor.

Devon recua, confuso. Ele toca no cachecol.

— Eu disse que gostei.

Heather volta para sua cadeira e entrega a ele um envelope com os ingressos para o show de comédia. Ele também parece satisfeito por isso, mas não tanto quanto pelo cachecol, que continua a usar com orgulho.

Heather me entrega um envelope por cima da mesa.

— Não é para agora — diz ela —, mas espero que você fique ansiosa por isso.

Abro um impresso dobrado em triângulos. Levo alguns segundos para decifrar que é o recibo de uma passagem de trem daqui para o Oregon. Nas férias de primavera!

— Você vai me ver?

Heather faz uma dancinha na cadeira.

Contorno a mesa até Heather e a abraço com muita força. Quero ver a reação de Caleb à ida dela para me ver, mas sei que eu ia analisar demais qualquer expressão no rosto dele. Então, dou um beijo na bochecha de Heather e a abraço mais uma vez.

Devon coloca um pequeno presente cilíndrico diante de Caleb e um diante de Heather.

— Sei que já tivemos o nosso dia perfeito, mas comprei a mesma coisa para você e Caleb.

Caleb pesa o presente na mão.

Devon olha para mim.

— Na verdade, tem a ver com você, Sierra.

Caleb e Heather abrem os presentes ao mesmo tempo: velas aromáticas *Um Natal muito especial*.

Caleb inspira fundo e olha para mim.

— É. Isso vai me enlouquecer.

Pego uma bengala doce, coloco na minha caneca e misturo. Eu me sinto tão impotente neste momento. A manhã está correndo rápido demais, mas agora é a minha vez de dar presentes. Empurro uma das pequenas caixas embrulhadas sobre a mesa para Heather.

— As coisas boas vêm em pequenos pacotes — diz. Ela rasga o papel de embrulho e abre uma caixa de veludo preto com dobradiça. Ela levanta uma pulseira de prata que comprei no centro da cidade, onde também mandei gravar latitude e longitude: 45,5° N, 123,1° O.

— Essas são as coordenadas da nossa fazenda — digo. — Agora você sempre pode encontrar o caminho até mim.

Ela olha para mim e sussurra:

— Sempre.

Entrego o presente de Caleb. Ele é meticuloso na remoção do embrulho, tirando um pedaço de fita de cada vez. O sapato de Heather toca no meu por baixo da mesa, mas não consigo parar de olhar para Caleb.

— Antes de olhar — digo a ele —, não espere que isso tenha custado alguma coisa.

Ele me dá um sorriso com covinha e tira a caixa vermelha purpurinada.

— Mas exigiu muito cuidado — digo — e muitas lágrimas, e muitas lembranças das quais nunca me esquecerei.

Ele olha para a caixa, ainda tampada. Quando sua covinha desaparece, acho que ele sabe o que está lá dentro. Se souber, ele sabe o quanto significa o fato de eu dar isso a ele. Caleb levanta a tampa com cuidado. A árvore de Natal pintada está virada para cima.

Olho para Heather. Suas mãos estão entrelaçadas e sobre os lábios.

Devon olha para mim.

— Não entendi.

Heather bate no ombro dele.

— Mais tarde.

Caleb parece atordoado, seus olhos grudados no presente.

— Achei que isso estava no Oregon.

— Estava — digo. — Mas precisa estar aqui. — O presente que veio junto, ingressos para um baile ao qual não sei se vou, ainda está no trailer escondido atrás da nossa foto com o Papai Noel.

Ele tira o corte da árvore da caixa, a ponta dos dedos segurando o anel da casca.

— Isso é insubstituível — diz ele.

— É mesmo — digo —, e é seu.

Ele me entrega uma caixa verde brilhante e desembrulhada, amarrada com uma fita vermelha. Tiro a fita e depois a tampa. Sobre uma fina camada de algodão há outro corte de árvore, de uma árvore mais ou menos do mesmo tamanho da que dei a ele. Há uma árvore de Natal pintada no meio com um anjo empoleirado no topo. Olho para ele, confusa.

— Eu voltei até a sua árvore no Cardinals Peak — diz ele. — A que estava cortada. Parte dela precisa voltar para casa com você.

Agora, Heather e eu colocamos a mão sobre a boca. Devon tamborila os dedos na mesa.

— Algumas semanas atrás, eu comprei outra coisa para você — diz Caleb. Ele pega uma sacola de pano dourada quase transparente. — Perceba que esta sacola é diáfana.

Dou uma risada.

— É muito diáfana — digo. Através do tecido delicado, vejo um colar dourado. Solto os cordões que fecham a sacola e sacudo para tirar um colar com um pequeno pingente de pato voando.

Sua voz está baixa.

— É outra coisa que esperamos vir para o sul todo inverno.

Encontro seu olhar, e parece que Heather e Devon não estão na sala com a gente.

Heather entende a deixa.

— Baby, vem me ajudar a encontrar uma música de Natal.

Sem interromper o contato visual, mergulho nos braços de Caleb e o beijo. Depois, apoio a cabeça no seu ombro, desejando nunca ter que sair desse lugar.

— Obrigado pelo presente — diz ele.

— Obrigada pelo meu.

Um instrumental lento de Natal começa a tocar na sala ao lado. Caleb e eu não nos movemos até a terceira música começar.

— Posso te levar de volta? — pergunta ele.

Eu me sento reta e afasto o cabelo do pescoço.

— Você coloca o colar em mim antes?

Caleb pendura o pingente abaixo da minha clavícula e prende o fecho na minha nuca. Tento memorizar cada roçar de seus dedos na minha pele. Pegamos nossos casacos e nos despedimos de Heather e Devon, que estão aninhados no sofá.

A curta viagem de volta parece solitária, apesar de Caleb estar bem ao meu lado. A impressão é que estamos no processo de voltar para o nosso próprio mundo. Toco no colar várias vezes e vejo ele me olhar de relance toda vez que faço isso.

Saio da caminhonete. Quando meus pés tocam no chão, eu me sinto colada na terra.

— Não quero que este seja o fim — digo.

— Tem que ser? — pergunta ele.

— Você tem um jantar com sua mãe e Abby, e nós estaremos trabalhando a noite toda para desmontar este espaço — digo. — Minha mãe e eu vamos embora de manhã.

— Me faz um favor — diz ele.

Espero.

— Acredite em nós.

Faço que sim com a cabeça e mordo o lábio. Dou um passo para trás e fecho a minha porta, acenando discretamente. Ele se afasta, e eu faço uma oração.

Por favor. Não deixe que esta seja a última vez que vejo Caleb.

Vinte e quatro

Vários dos atletas, além de Luis e Jeremiah, trabalham no desmonte da Tenda. Outros retiram as luzes de flocos de neve e enrolam os cabos. Ajudo as pessoas que vêm levar nossas árvores remanescentes. Por alguns dólares cada, elas podem deixar as árvores secarem para fazer fogueiras. Funcionários dos Parques da Cidade trazem seus caminhões, e nós os enchemos com árvores para submergir em lagos próximos como recifes.

Percebo meus dedos tocando no colar várias vezes ao longo da manhã e da tarde. Para o jantar, meus pais e eu pedimos comida chinesa no trailer, e um grupo de funcionários retorna depois dos jantares em família. Como todos os anos, construímos uma fogueira no lote quase vazio. Sentamos em bancos de madeira e cadeiras dobráveis ao redor do fogo e assamos marshmallows. Luis passa uma caixa de biscoitos e distribui chocolate para fazermos s'*mores*. Heather e Devon aparecem, e já estão discutindo sobre o que fazer na véspera do ano-novo. Ele quer ver uma partida de futebol americano, mas ela quer começar o ano fazendo uma trilha.

Jeremiah senta ao meu lado.

— Você parece triste demais para o Natal, Sierra.

— Sempre detestei a depressão depois da manhã de Natal — digo. — Este ano foi especialmente difícil.

— Tudo por causa do Caleb? — pergunta ele.

— Caleb. Esta cidade. Por causa de tudo. — Olho para as pessoas sentadas ao redor da fogueira. — Eu meio que me apaixonei pelo meu período aqui de um jeito que nunca aconteceu.

— O que você acha de receber conselhos? — pergunta ele.

Olho para ele.

— Depende do conselho.

— Como alguém que perdeu muito tempo longe de Caleb e que vai ter que lutar para ter mais, só posso dizer para você fazer tudo o que puder para estar com ele. Você é muito boa para ele, e ele parece ser bom para você.

Faço que sim com a cabeça, engolindo o nó na garganta.

— Ele é bom para mim — digo —, eu sei disso. Mas, logicamente, como pode...

— Esquece a lógica — diz ele. — A lógica não sabe o que você quer.

— Eu sei. E não é só uma vontade — digo. Olho para a fogueira. — É mais do que isso.

— Então, você tem sorte — diz ele —, porque alguém com quem nos importamos muito quer a mesma coisa.

Ele me dá um tapinha no ombro. Quando olho para Jeremiah, ele aponta um dedo em direção à silhueta escura do Cardinals Peak. Perto do topo há centenas de luzes coloridas acesas.

Coloco a mão no coração.

— São as minhas árvores?

— Elas acabaram de acender — diz ele.

Meu celular apita no bolso. Olho para Jeremiah, e ele dá de ombros. Pego meu celular e vejo uma mensagem de texto de Caleb: **Sua família de árvores e eu já estamos com saudade.**

Eu me levanto com um pulo.

— Ele está lá em cima! Preciso vê-lo. — Minha mãe e meu pai estão sentados no lado oposto da fogueira, com um único cachecol comprido aquecendo os dois.

— Tem problema se...? Eu preciso... — Aponto para o Cardinals Peak. — Ele...

Os dois sorriem para mim, e minha mãe diz:

— Temos que acordar cedo amanhã. Não volte muito tarde.

— Faça boas escolhas — diz meu pai, minha mãe e eu rimos.

Olho para Heather e Devon. Ele está com um braço ao redor dela, e ela está aninhada nele. Antes de partir, dou um abraço duplo nos meus dois amigos.

Heather confirma se meus pais não estão ouvindo e sussurra no meu ouvido:

— Mantenham um ao outro aquecidos.

Olho para Jeremiah.

— Você pode me levar?

— Será um prazer — diz ele.

— Está bem — digo a ele —, mas preciso pegar uma coisa antes.

Parece que a viagem do lote até o portão na base do Cardinals Peak demora mais do que nunca.

Quando Jeremiah para sobre a terra e a grama, diz:

— Daqui para frente é com você, garota do lote. Não quero ser vela nisso. — Nós dois olhamos para a colina, para as luzes distantes nas minhas árvores. Ele estende a mão para abrir o porta-luvas e me entrega uma pequena lanterna.

Eu me aproximo e dou um abraço nele.

— Obrigada.

A lanterna se acende. Salto do carro e fecho a porta, e ele dá ré. Quando as luzes traseiras desaparecem, sou só eu, esta pequena luz e uma colina que assoma. A colina está escura, exceto por um trecho de luzes coloridas nas minhas árvores, com uma pessoa muito especial lá em cima esperando por mim.

Percorro os últimos metros antes da curva final na estrada, sentindo como se eu tivesse voado colina acima. A caminhonete de Caleb está estacionada à minha frente. A janela do passageiro está aberta, e um longo cabo de força desce pela porta e entra no mato onde Caleb está de pé, olhando para longe de mim e em direção à cidade. As luzes de Natal nas minhas árvores são fortes o suficiente a ponto de eu poder desligar a lanterna e ver com segurança meu caminho até ele. Caleb está olhando para o celular, provavelmente esperando uma resposta.

— Você é incrível — digo.

Ele se vira para mim com um sorriso radiante.

— Achei que você estivesse com sua família — digo, entrando no mato.

— Eu estava. Mas, ao que tudo indica, eu parecia distraído — diz ele. — Abby me disse para deixar a tristeza de lado e ir te ver. Achei que este era um jeito melhor de fazer você vir me ver.

— Você definitivamente me atraiu.

Ele dá um passo na minha direção, as luzes dançando no seu rosto. Estendemos as mãos um para o outro e nos puxamos para perto. Nós nos beijamos, e esse beijo derrete toda a minha incerteza. Eu quero isso.

Eu quero nós dois.

Sussurro no ouvido dele:

— Também tenho uma coisa para você. — Enfio a mão no bolso traseiro e tiro um envelope dobrado.

Quando ele pega, acendo a lanterna e ilumino as suas mãos. Seus dedos tremem, de frio ou de expectativa. Fico feliz por não ser a única pessoa nesta colina que está nervosa. Ele tira os ingressos para o baile formal de inverno, com o casal dançando no globo de neve. Ele olha para mim, e eu sei que nossos sorrisos são iguais.

— Caleb, quer ser meu acompanhante no baile de inverno? — pergunto. — Não quero ir com mais ninguém.

— Eu seria seu acompanhante para qualquer coisa — diz ele.

Nós nos envolvemos em um abraço apertado e caloroso.

— Você vai mesmo? — pergunto.

Ele afasta a cabeça e ri para mim.

— Qual outro motivo eu tenho para economizar as minhas gorjetas?

Olho em seus olhos, e acabo fazendo uma declaração.

— Você sabe que eu te amo.

Ele se inclina para a frente e sussurra no meu ouvido.

— Você sabe que eu também te amo.

Ele me beija no pescoço, e eu espero enquanto ele vai até a caminhonete. Ele se inclina para dentro da janela aberta, gira a chave e liga o rádio. A música "It's the Most Wonderful Time of the Year" toca no ar frio da noite ao redor. Abafo uma risada, e Caleb sorri.

— Vá em frente — diz ele —, diga que eu sou brega.

— Você se esqueceu? — pergunto. — Minha família sobrevive dessas coisas.

Na cidade lá embaixo, vejo a fogueira cintilante onde minha mãe, meu pai e alguns dos meus melhores amigos do mundo estão se aquecendo. Talvez eles estejam olhando aqui para cima neste momento. Se estiverem, espero que estejam sorrindo, porque eu estou sorrindo em resposta.

— Dança comigo? — pergunta Caleb.

Estendo a mão.

— Acho bom a gente treinar.

Ele pega a minha mão, me gira uma vez e nos movemos juntos. As luzes de Natal cintilam nas minhas árvores, que dançam junto conosco no vento delicado.

Fim

A lista dos bonzinhos

Ben Schrank, editor, e Laura Rennert, agente literária,
por estarem comigo inteiramente desde o Livro 1 e
por serem meus terapeutas de autor-inseguro,
sempre que necessário

Jessica Almon, editora,
quando eu questionei, você acreditou; quando
terminei, você merecidamente pediu mais. "Isso me
faz lembrar de uma música da Taylor Swift!"

Mãe, pai e Nate (e meus primos, tias, tios, avós,
vizinhos, amigos...),
pela minha infância de magia natalina

Luke Gies, Amy Kearley, Tom Morris, Aaron Porter,
Matt Warren, Mary Weber, DonnaJo Woolen,
meus anjos da guarda

Hopper Bros. — Woodburn, OR
Heritage Plantations — Forest Grove, OR
Halloway's Christmas Trees — Nipomo, CA
Thorntons' Treeland — Vancouver, WA
pelos passeios em suas fazendas de árvores de Natal
e pelas respostas a perguntas profissionais, pessoais
e tolas (mas legítimas!)

Primeira edição (junho/2018) · **Segunda reimpressão**
Papel de Capa Cartão Triplex 250g
Papel de Miolo Pólen Soft 70g
Tipografias Caecilia LT Std e Wanderlust
Gráfica PlenaPrint